时光里的石油花

胜利油田金秋诗会作品集

胜利油田作家协会◎编

OIL FLOWERS IN TIME

中国经济出版社
CHINA ECONOMIC PUBLISHING HOUSE
中国石化出版社
HTTP://WWW.SINOPEC-PRESS.COM

图书在版编目（CIP）数据

时光里的石油花：胜利油田金秋诗会作品集 / 胜利油田作家协会编. -- 北京：中国经济出版社：中国石化出版社，2024.5

ISBN 978-7-5136-7749-3

Ⅰ. ①时… Ⅱ. ①胜… Ⅲ. ①诗集 - 中国 - 当代 Ⅳ. ① I227

中国国家版本馆 CIP 数据核字（2024）第 085785 号

策划编辑　崔姜薇
责任编辑　贾铁杰
责任印制　马小宾
封面设计　久品轩

出版发行　中国经济出版社
印 刷 者　北京艾普海德印刷有限公司
经 销 者　各地新华书店
开　　本　710mm × 1000mm　1/16
印　　张　16.25
字　　数　232 千字
版　　次　2024 年 5 月第 1 版
印　　次　2024 年 5 月第 1 次
定　　价　78.00 元
广告经营许可证　京西工商广字第 8179 号

中国经济出版社　**网址** http://epc.sinopec.com/epc/　**社址** 北京市东城区安定门外大街 58 号　**邮编** 100011
本版图书如存在印装质量问题，请与本社销售中心联系调换（联系电话：010-57512564）

编委会

目　录

石油长歌

安丰伦（纯梁采油厂）

岁月沧桑四十载，
中国石化峥嵘盛开；
六十载辛勤耕耘，
胜利油田耀华彩。

习近平视察胜利地，
重要指示鼓士气；
扛起使命端能源，
牢牢守护饭碗盈。

信念坚定梦永恒，
思想凝聚心火燃；
传承胜利奋斗魂，
抒发石油情怀情。

金秋诗会启飞扬，
油田作家展文采；
忆传统，强三基，
奉献精神新发展。

胜利油田辉煌景，
深耕国土助腾飞；
黑金宝藏埋深处，
石油王国美春梅。

且看勘探勇士们，
征途辛劳不畏难；
逆风翻涌波涛涌，
勇往直前开新篇。

油井喷涌金瀑布，
石油舞动奇妙曲；

炼油厂如火焚烧，
石化香飘瑞秋馥。

万家灯火石油光，
燃烧辉煌新时代；
能源动力源源继，
经济飞速崛起潮。

胜利油田六十年，
辉煌成就伴华年；
忆往昔，感辛勤，
石油巨轮荣耀现。

金秋诗会庆华诞，
赞歌嘹亮唱胜利；
奉献精神燃心火，
胜利油田永发展。

石油长歌唱壮丽，
勇往直前献初心；
胜利油田辉煌照，
辉映中华腾飞云。

可能（外一首）

薄志杰（地球物理有限公司胜利分公司）

可能学了李四光，所以选择物探；
可能崇拜诸葛亮，慕名到了四川。
可能青春时迷茫，人生有了彷徨；
可能心神处悸动，留下诗韵行行。

可能学会了担当，毕业直接上岗；
可能激情总澎湃，穿上红色工装。
可能到了黄河畔，知道山河雄壮；
可能去了西北疆，慨叹原野空旷。

可能路遇魔鬼城，方知鬼斧神工；
可能穿行塔里木，才知瀚海无穷。
可能吹过凛冽风，沙暴也是稀松；
可能晒过爆皮日，干裂也作笑容。

可能听到电台声，才能放心入睡；
可能到了收工后，才觉荒野很美。
可能忙碌为常态，工作不知疲惫；
可能闲暇总稀少，休息才觉珍贵。

可能孩子病愈后，才知事情发生；
可能母亲安康了，方知经历苦痛。
可能永远无法再，回到你的身边；
可能此生都相欠，与你美好团圆。

可能为国找油气，吾辈神圣责任；
可能端稳能源碗，为此奉献终身。
可能震源激荡处，才能印证青春；
可能油花飞溅时，都已忘却年轮。

可能偶然回首时，已经度过半生；
可能抬头远望时，仍有你在前行。

可能艰苦奋斗是，祖辈留下的根；
可能忠诚奉献为，永远不朽的魂。

咏青春

青春为何？
神沛体丰龄妙，志坚胆雄情豪。
敢为天下先，能扛岁月艰，不为世俗缠。
花季雨季初入道，三十四十正当年。
筚路蓝缕，雄心不减；
历经坎坷，其志尤坚。
初心不改念如磐，砥砺奋进勇向前。
踏破重云排雾障，万里归来仍少年。

青春何为？
当与家国同命运，更为天下争光辉。
担当重任之柱，奔波求索之路；
无畏拼搏之碌，能熬磨砺之苦。
高楼平地起，大厦基石筑。
平凡不平庸，入俗非落俗。
萤虫之躯，微光永驻；
驽马之跃，功不止步。
理想即信仰，自信更自强。
苦心天不负，青春永无输。

青春之我，青春之国。
青春之曲，青春之歌。
想青春，念青春。
咏青春，赞青春。
青葱岁月花正好，奋斗青春永不老。
暂为青春歌一曲，笑傲青春年华少。

七月上

常佳（临盘采油厂）

食物被高高抛起
人们在船上兴奋呼喊
跟紧船
瞄准　聚焦　捕获
这是大自然没有的味道
阿斯巴甜　谷氨酸钠
让我深深迷恋

这是一场人类的迁徙
以暑假的名义
以培养幼崽的名义
允许自己暂时停下来
宴请内心深处童年的自己

听说海的这边没有活计
海的那边没有绿水青山
互相交换了烦恼
又安于回到各自一边

看见
乌龟和螃蟹被装进小桶
水母和海星被送去观赏
谁让它们没有翅膀
我依然盼望着盛夏的狂欢
用喧嚣和肮脏换回饱腹的口粮
谁让我会飞翔

当蝉鸣和蛙声渐渐弱去
当海洋不再蓝
让世界变得更加残酷

也更加饱腹

我没有流泪
我只是
被海水打伤双眼的海鸥

胜利之路（外一首）

车宜恒（东胜公司）

有人说
从白天到黑夜
走过六十年艰苦奋斗之路
可以了

有人说
从创业到创新
走过六十载灿烂辉煌之路
很好了

有人说
保障国家能源安全，注定是一条充满挑战的路
为什么要走

有人说
端牢能源饭碗，这是一条没有人走过的路
为什么敢走

路，是旌旗
为在路上的人指引方向

路，是根脉
为在路上的人积聚力量

路，是丹心
让在路上的人素履以往

路，是理想
让在路上的人筑梦正扬

路，之于胜利
是为家国立心的初心使命
是为石化立命的企业召唤

是为效益继绝学的时代要求
是为油地开太平的责任担当

路，因为脚步
更加铿锵
路，因为胜利人的寄语
更加充满希望

传承石油精神
弘扬石化传统
耳濡目染，追风逐日
韶华青年，英姿飒爽

让你我手挽手铸钢铁长城
让你我心连心展无敌力量
让你我身怀必成之心，共创未有之业
同举胜利旗帜

坚信
只要方向对了，就不怕路远
凯歌高奏
共奔心之所向

相约新石化

四十潮头逢盛世
石油精神记心间
国之大者为之计
惟精惟一情满天

回望来时路
革油海未有之变
荡四海荒漠之难
纳中西精要之困
闯夷狄天地之险

慨叹
心怀“勇闯新路、实事求是、无私奉献”之正气

永葆“革命第一、工作第一、他人第一”之信念

而今
新石化展英姿
牢记“求真务实、精细严谨、家国情怀”之石化传统
践行“保障能源安全”“端牢能源饭碗”之责任使命

实现
页岩油东部拔头筹
准噶尔西部拓阵地
精炼化南部创效益
丝路兴北部富民生
稳基础本部扛红旗

感念
唯石化之心虔诚而坚决
唯石化之志置信而深远
唯石化之人圆融而温和
唯石化之情润物而无怨
只因胸怀“立德、立功、立言”不朽之宏念

唯愿
石化奉献之心不改
共祝海内兄弟皆安
期许履方致远意浓
脚踏石油城阙归盼

寄语新石化
接续谱新篇
悦彩现华章
看我新青年

互鉴互赏与共
期遇
慧行坚勇究畅的石化百年

致一名退休女工

陈倩倩（注汽技术服务中心）

三十年前，我来到这片火红的土地，
没有高楼大厦，只有盐碱滩、芦苇荡，
散发着石油的芬芳，
抽油机日夜不停在运转，
红工服是日常工作的标配。
斗转星移，
我坚守在这片美丽的红土地，
与抽油机为伴，
以井站为家，
在平凡的岗位，
奉献青春，绽放精彩。
冬去春来，岁月蹉跎，
时光带走青春容颜，
留下两鬓白发，
和岁月刻下的皱纹。
平凡谱写人生，奉献铸就精彩，
三十年，这片热土早已扎根于心，
我用青春在这片热土描绘绚烂画卷，
我用青春在这片热土谱写豪迈赞歌，
作为一名胜利人，我很骄傲！

不惧“烤”验　决不服“暑”

夏日，野外施工，天气善变，
刚刚是炎炎酷暑，转瞬又骤起风云，
突然大雨，或是狂风阵阵；
多少次烈日当头，
他们的红色身影，闪烁在各个小站，
挥汗如雨确保设备平稳运行，
任凭汗水浸湿工衣，留下战高温的痕迹；

多少次突如其来的雨天，
他们浑身湿透，奋战在泥泞中，
冒雨开足马力确保生产进度，
任凭雨水拍打面庞，留下斗雨季的脚印。
他们抢晴天、战雨天，迎着烈日逆向而行，
成为离太阳更近的人，
他们用实际行动，
诠释着注汽人的责任与担当，
他们用默默奉献，
助力油藏经营价值实现最大化。

致敬石油

陈润超（油区护卫管理中心）

序

石油是什么？
石油是精神，是情怀，是使命担当。
石油是什么？
石油是信念，是力量，是魂，是路。

之一

石油之魂，胜利传承，
奉献油田，忆传统融入血脉；
黑金涤荡，岁月风尘，
乘风破浪，促发展奏响新乐章。

能源殿堂，燃起烈焰，
征战雷霆，唤醒生机；
沉沦过去，振翅未来，
石油情怀，愿你永不衰残。

之二

矛盾交织，困境旋涡，
石油之路从未一帆风顺；
时刻携带着新时代的印记，
决心铸就辉煌，为油田再立新功。

石油黎明，屹立高峰，
火炬般燃烧，点亮前进的道路；
充盈苍穹，灿烂辉煌，
传承胜利精神，永不会停歇止步。

之三

虽然诗歌难以用言语形容，
但石油情怀的赞歌将铭记于心；
愿它的美丽和意义，
激发我们灵魂中的星火永不熄灭。

这是一首致敬石油精神的现代诗，
以美妙的形式表达着胜利的传承；
让我们共同书写石油时代的新篇章，
在光辉的历史中，创造新的壮丽史诗。

为新时代的石油人歌唱（外一首）

褚庆雨（孤东采油厂）

我们，新时代的石油人

在荒无人烟的原野上，聆听着油井周而复始的轰鸣，尽情享受着滚滚油流的畅快淋漓；

我们，新时代的石油人

站在黄河入海的地方，体味着飞鸟掠过耳际的惊鸿，深切感受着海河交汇的磅礴大气。

我们，一身火红的工服，映衬在芦苇杂草间

鲜艳、明亮；

我们，一身火红的工服，盛开在钻塔井架间

纯洁、瑰丽。

每当我们踏着晨光走进油区，向前张望，那一架架律动的油井，就像一支支荷满风帆的小船在积蓄力量，扬帆远航；

每当我们踏着星光离开油区，回头凝望，那一盏盏不夜的灯火，就像一颗颗载满希望的星辰在闪闪发亮，指向远方。

我们很满足，因为我们延续了父辈的生命，成为了他们人生中最灿烂的篇章；

我们很富有，因为我们看见了父辈的身影，得到了他们人生中最珍贵的金矿。

在这片肥沃的土地上，我们把信仰种植，让心中的绿洲在灿烂的阳光下，凝聚活力，焕发出蓬勃生机；

在这片希望的土地上，我们把忠诚作刃，让心中的理想在和煦的微风里，无尽荡漾，绽放出华彩乐章。

没有什么比梦想更加美好。梦想如同一泓潺潺而出的清泉，满怀动力，蓬勃生机。

没有什么比梦想更加美好。梦想如同一只羽翼未满的雏鹰，心比天高，搏击长空。

我们，不是巨人，却站在了父辈的肩上，拥抱着石油的故乡，感受着骄傲与荣光；

我们，不是铁人，却挺起了奋斗者的胸膛，扎根在荒芜的滩涂，播撒着希望和理想。

石油，代表的是什么？是一支婉转动听的甜蜜恋曲。

石油，代表的是什么？是一支响彻云霄的生命旋律。

石油工人，就要像石油铁人那样，有魄力、有胆量，知难而进，奋勇向上。

而新时代的我们也要像铁人一般，用奉献浇灌盛开的石油之花，用智慧打造坚若磐石的石油脊梁，我们能够做到的，就是为这个梦想插上一双奋飞的翅膀！

让我们为梦想歌唱，因为它是信仰；

让我们为石油歌唱，因为它生命的血液；

让我们为自己歌唱，因为我们拥有最璀璨的明天！

美好青春，相信未来

如果青春的蓬勃朝气是那清新的绿色，生命的热烈奔放是那一抹红色，
我们石油人就是红与绿的追寻者，就是诗与歌的创作者。
我们用战士奔赴战场般的责任与豪情
在广袤的荒原上写下：
相信未来！

高耸的井架，有力的是石油人与之荣辱的责任；
坚固的钻头，有声的是石油人与之俱进的心跳。
风雨如故，勇往直前
我们用坚定的脚步和无悔的身影写下：
相信未来！

篝火熊熊燃不尽片片豪情，钻塔巍巍压不倒铁骨铮铮，
石油人的血与汗挥洒出银河闪闪，
石油人的情与爱播种出油花朵朵。
时光荏苒，岁月难返
我们用一颗对石油滚烫的心饱蘸深情地写下：

相信未来！

凌云的壮志激起千层波浪，搏天的雄鹰飞入九霄云端，
相信未来，不让青春在蹉跎中虚度，
相信未来，让青春做证！
我，之所以坚定地相信未来，
是相信石油的颜色，
一如那寻找光明的眼睛。

我，之所以坚定地相信未来，
是相信石油的温度，
一如我们永远激荡的热血。

我，之所以相信未来，
是相信我们用坚实的臂膀，
一定能撑起百年胜利的希望。

我，之所以相信未来，
是相信铁人的精神，胜利的旗帜
必定永远传扬！

相信未来，在奉献自我的激情里放歌；
相信未来，把荒原当作画布描绘无悔人生；
相信未来，迎一缕曙光，披一路星辰；
相信未来，与风霜雨雪做伴，与井架石油结缘。

我们是石油人，一个响当当的称谓；
我们是石油人，用青春和汗水换来至高荣耀！
我们是石油人，用挺直的脊梁支撑起祖国永远腾飞的油龙；
我们是石油人，我们相信未来！

江 南

实业（临盘采油厂）

知道吗，那一梦
是烟雨中的江南
鳞鳞千瓦
浅黛琳琅

暮霭是湿透的双眼
青丝袅袅
裙裾温柔
水波起时
月色羞隐
扑落水边

是谁的脚步
舞着轻纱
青石板上
洒落一地呓语
小桥独立
清风满袖
因你来
我不见星辉

月亮的背面（外一首）

——致敬奋战一线即将退休的她

杜立慧（胜利发电厂）

盛夏，蒸笼天的夜晚
树梢上挂着个晕黄的毛月亮
一滴汗一滴汗，淡然地翻过山尖，坠入悬崖
怦然落下，碎成微粒
她，满含深情地巡视过一台台设备……
她，驾轻就熟地执行着一项项操作……
时间在忙碌中飞快流逝
夜，依旧是黑
活泼的金铃子
在手电筒的光晕里调皮地闪进闪出
那光，延伸到远方
被黑暗吞没　了无痕迹
星，散落在天幕
微微闪烁　没有声音
月，掩进薄雾的后面
洒下静静的　温柔的光辉

员工履历表上
她工工整整地写下一行
只有一行
“运行值班员　1993 年至今”
空空荡荡　又好像满满当当
时光像一把剪刀
一剪一剪
把明艳的青春剪到只剩寂寞的白头
明天，她就要告别自己奋斗了三十年的岗位
就像一片树叶
在某天　无声落下

扑进大地坚实的臂弯

有的人　也许一生只做了一件事
一如西西弗斯的神话
亘古未变　亘古未变
就像荒原上的磕头机
周而复始　周而复始

渐渐地　渐渐地
晨曦微露　霞光流照
初升的太阳蹦跳着探出头来
月　隐入大地尽头的田野
隐入一个平凡的身影背后
天亮了

窗外

窗外
利剑一般高耸的避雷针
宛如一把把冲锋的钢枪上的刺刀
擎着　举着　指向云端
瓦蓝瓦蓝的天空
蓝得醉人
间或一只大翅膀的鸟儿
悠悠划过　倏然不见
一声声清脆的鸟鸣　回响
巨人般的高压线塔
舒展着手臂
挽起一根根丝线密密地结成了网
错综复杂又泾渭分明
延伸着　向远方

也许丝线的那一端
系着一口口油井
也许丝线的那一端
拴着一间间小站

那丝线里就是
繁杂系统里的血液
推动着油流奔涌向前……
峨然矗立的巨人脚下
野蛮生长的苦楝树热烈地环绕着
是鸟儿　衔来了种子
那树　便落地生根、枝繁叶茂
这片盐碱滩上的石油人亦如是

远远地
几个身着红工服的人走过来
艰难地穿行在树与树之间
一会儿隐没　一会儿又看见了
绿的海洋里　红得耀眼
那是巡线人　那是织网人
有时候是狂风暴雨的间歇
有时候是潮湿闷热的夏夜
日头下的影子长长短短　又短短长长

每天早上
睁开眼睛
光明温暖的世界又一如既往
真好

你 说

杜岩（海洋石油船舶中心）

你说
你有一条船
大海中劈风斩浪
为国保油
勇往直前

那么
我也有一条船
一头是大海
另一头是想念
你就是我的风帆

一位石油工人叫老杨（外一首）

段昌萍（临盘采油厂）

小站有一棵老杨树
还有一位石油工人叫老杨
树上每一片叶子
像老杨多年不见的石油兄弟

落叶飘向各处
清扫时发出的“哗哗”声
像极了小站上曾经的笑声

更多的时候，老杨喜欢坐在树下
看一片片叶子
落在脚下，并肩坐着

立冬前一天
老杨树掉落最后一枚黄叶
小站的大门
挂上一把明晃晃的锁
那个叫老杨的石油工人
病了

诗朗诵：方华

扫码收听音频

外闯女工于美丽

西部油区的夜晚藏着一段爱情
多年来，熟悉的鼾声，穿过黑夜
成为她身体的一部分
就像是，沸腾的油区
大地甘愿把自己交给采油树

那一年，大风呼呼地刮
她的身体在寒冬里左右摇摆
像一头迷路的野兽

白雪掩埋巡井的脚印
荒原更加荒凉
外闯女工于美丽
悄悄地走出井场

下一个春天来临
遍地都是新鲜的颜色
黑色的油，绿色的水
粉色的是，院子里迷人的杏花
还有灰色的，刚出生的麻雀
多么年轻，多么欢快

一辆汽车从远方驶来
车门打开，又重重地关上
外闯女工于美丽
坐在路边
脚下的野草一天天疯长

一点痴（外一首）

樊军伟（石油化工总厂）

我的乳名到底承载了你多少心血
你把自己都忘了
却还记得我

年味还在济南路上流淌
从西向东的风卷走了我荒诞的祈祷
“神内”的灯照着雾化后的时光
我蜷缩在病房的一角
口罩捂住脆弱
在轻寒的夜里
挣扎

十四楼外十五的烟花
美得剥离了辞藻
沸腾的月色里
捡起病床上你散落的笑意
嵌进我已经稀碎的生活
心甘情愿地陪着你
在眼下
在这里
默默等你喊我的乳名

你午睡，我打谱
透窗而入的阳光贴在你脸上
暖的亮的漫溢了病房
心头却不驻悲喜
未有春雪落棋秤
是渡还是断总也理不清
你的呓语挂着我乳名
乱了方寸
泪下时

落子春风里

轮椅换作拐杖
你蹒跚着走回了三岁
口水冲走了所有的世间累赘
你笑得干净
给你理了个光头
散尽灰白无处问
卸下挂碍
彻悟在正月里
你放下了
我又都背上了
每日里听你喊我乳名
如饮药
瘾上有瘾

紫叶李花满枝
斑鸠咕咕
你胡乱喊我的乳名
“哎！哎！哎……”

爸！
回家！！！

病房碎片

（一）口袋里的烟花

烟花明灭
佛有一说
道也有一说
元宵一夜过
星星点点都作春花

你摸我口袋
口袋里有手机
手机里盛满了烟花

（二）拈子

春阴缠绵
拈药如拈子
落何处
可长一口气

（三）汤圆

走出浮沉
随汤入了盏
犹是外冷内热
病房不置酒
汤圆就月

（四）护师

口罩下的笑意
从眼中流露
抽血换药打针
柔声细气
谁家儿女修得如此好脾气
心疼你
一夜未睡

（五）鼻饲

不论滋味
只求营养
一根软管连阴阳

大漠、雪花和诗歌（组诗）

樊俊利（电力分公司）

大漠采油工和狗

一栋孤零零的板房，一辆电动三轮车，两位采油工，一只小黑狗
组成了一座小站，一个戈壁之家

三轮车有车棚，那是为了抵防野狼
一位采油工晚上睡觉，一位开着三轮车巡井
不论白天晚上，小黑狗始终跟着

夜深了，天上没有一颗星星
地上没有一盏灯
板房的灯盏是戈壁滩跳动的心脏
采油工大声哭喊，小黑狗跟着汪汪
一只沙鼠，吓得窜来窜去

戈壁石

到了戈壁，到了大漠
我看到，戈壁石长着翅膀
长着双脚

它会跟着铁树飞
伴着红工衣的身影跑

静下来的时候，它会扎下根
风拽，她没走
雪埋，她没走
黑黑的夜里，与一颗明亮的星星
拉呱

就连沉睡，也要瞪着眼睛
小小的耳朵一直竖着
趴伏在大地
弓着背，把伤痛埋下

戈壁花儿红

蓝天如海，圆镜当头
天山蠕动，白羊觅草
火焰山点亮日头

孙大圣拔下一根猴毛
一吹，茫茫戈壁突然
有了这片花海

花开的声音，敲碎了荒凉
一片片红啊，一片片黄

一朵牵着一朵，一朵偎依着一朵
红扑扑、粉嘟嘟的脸蛋儿
微笑溢满酒窝
像一群美丽的维吾尔族姑娘
摇曳着身姿，脖子扭动
向我抛着火辣辣的媚眼

吞下沙粒，沐浴烈火
忍受着蚊虫的袭击
埋藏在厚重的积雪，骨骼依然发烫
眼泪顺着月光，悄悄爬到弯弯的月牙

地窝窝里钻出的垦荒战士
已站立成钻天的白杨
锈迹斑斑的钟声，在树梢上回荡

马鸣啾啾，取得真经的唐僧
双手合十，喃喃自语：
那一朵是女儿国的国王？

如今，相隔千里

我望着你，你望着我
人生最大的伤痛是擦肩而过

天山

白纱缠头，边走边琢磨着心事
一不小心，顶破了天
风漏了下来

经幡呼啦啦，转经筒飞转
三千里的信徒，叩头，匍匐
绳索般的路
一头系着天堂，一头拴着虔诚的魂灵

黄羊低头觅草，骆驼抬头
打着响鼻，驼铃抛出
一根根悠悠的长线

一只雄鹰
飞起，盘旋

诗朗诵：宋宗周

扫码收听音频

大漠上的诗会

诗歌的脚步比大年提前到达
毛茸茸的雪花，是折断翅膀的白蝶
一朵牵着一朵
雪在飞，诗在飞
在浓厚的睫毛、直挺的鼻梁、明亮的眼神
喘着热气的嘴唇以及跳动的心上
站立，舞蹈，歌唱

古尔班通古特大沙漠零下三十摄氏度，沙尘不再飘起
大风吹来，梭梭摇摇晃晃
想家的黄羚羊
迷失了方向

雪花盖不住脚印
抽油机与板房系着一根松软的绳索

一些诗歌飞起，一些星辰飘落
一个个火红的身影，多像点燃的红蜡烛
跳动的火苗，灯芯遥望着家乡

SCG2107 勘探队的旗帜呼啦啦
谁的骨骼与骨骼碰撞
多像钢铁在敲打
清脆，响亮

为胜利，献石油

房增艳（河口采油厂）

一次一次俯首，只为唤醒
金色的血脉，祖国的力量
让沉睡在地底的能源，喷涌而出
成为中华民族，傲然挺立的脊梁

数十年间，代代石油人艰苦奋斗
顾心怿、王为民、代旭升
从术业专攻，到扎根生产一线
唯有“我为祖国献石油”初心不改

回望一路走来的艰苦历程
无名英雄们，用沉默的付出
怀揣着对于共和国坚定的信念
传承先辈精神，赓续传统

为何要强“三基”？只为使命必达
只为不辜负每一个家庭
不缺席每一个现场，让温暖蔓延
让土地焕发崭新而决绝的力量

强化基础建设，紧绷安全之弦
在党组织的团结领导下
将岗位职责落到实处，聚焦要点
跟上时代脚步，创造、创新

强化基础工作，弘扬学习之风
紧握工作手册、基层管理“三册”
落实 QHSE 管理体系融合
肩负责任使命，让生产顺利推进

强化基本功训练，发挥实干精神
干什么，就练什么；缺什么，就补什么

不因一颗微小的螺丝而松懈
今日的苦练，只为明日坦荡向前

从群众中来，到群众中去
油田人需谨记自身的底色
若身为党员，则凡事冲在一线
筑牢基础，无愧先锋楷模

向着胜利，吹响时代的号召
油田是中国梦的底色
我辈是造梦之人，亦是弄潮勇者
不退缩、不胆怯，只为交出答卷

胜利油田，紧握胜势，终得胜利
肩负期望，永不懈怠，使命必达

大风歌（组诗）

葑凌渡（孤岛采油厂）

一

风从五道梁来
和草原戈壁上荒凉的枯草一起，吹向我
吹向，一棵孤零零的树
孤独地摇曳。在偌大的一个
草原上，几片叶子像鹰的羽毛
飞向更大的天空
水把一支吹断的芦苇，送往下游
我抬起头
尽可能把往事和爱情，还有
我的孤独，倚向一处避风的墙角
尽量，把脸仰起

大风吹
从冰川之水，吹向苍茫的雪山、戈壁、山丘
吹向一朵云。看天上
云也在天空，看着我
大风一直吹着我，那只鹰
白云知道
还有，五道梁上
几千里的苍茫，和更加孤独的风
这辈子，走也走不出

二

从可可西里向北
一直吹。吹过昆仑山、纳赤台、格尔木
吹过，昆仑山上的白雪

吹散了白云，不知所终
吹皱了，一条溪水的忧伤，干涸疼痛
枯萎死去

大风吹
吹弯了的时间，放慢流速
吹乱了，一身匪气，一路咆哮着
多像一只兽。孤独之极
大风握住了，一把枯草的金黄
多年后，河岸边仅存的一支芦苇
在可可西里，和我生前哈德门烟草的余味
纠缠不清

大风吹过
流年的等待，如我的祖先
早已爬满了，思念的沙丘
霉斑的族谱
在等待的风中，破碎

三

一出昆仑山
雪水河之水，清冽如剑地流淌
大山的风，吹皱了河水
怀揣着时间的冷，吹向沙洲
吹远了大地黄沙，和万里云朵
大风，吹啊吹
我的生活
从远方而来，又去向了苍黄大地的某处
也吹痛了
归墟之地

在那一刻
我知道了风的意图。直击梦境
闯入玉珠峰的神谕之所
向着大荒原上，戈壁古老的砂砾

和卑微的民间烟火
不停地吹。一阵紧似一阵
吹乱了天地
吹枯了荒草，和雪的诡秘幽冷
阳光从漫天黄沙中刺向冰河欲水
旷野的风，再野，再大
再也，吹不回了从前
再也吹不见，那个夜晚的清幽，和醒着的我

四

我去纳赤台，
它吹一座座大山；
我去格尔木，
它吹都兰的云；
我去茶卡，
它吹山谷里的羊群。
一会儿吹向谷底
一会儿吹上山坡
我大声说，我要去天上的西藏

一梦醒来
大风又不知吹到哪里。天空一片深蓝

诗朗诵：王东

扫码收听音频

小英的春天

高继功（孤岛采油厂）

春天里，我们
正在灿烂。
平展的绿叶，
对大地母亲深深依恋。
金色的花盘，
向着太阳笑脸对笑脸

顽童们随地打滚，
对我们挤眉弄眼。
老婆婆提着竹篮，
我们快活地跳进里面。
火红的石油大哥，
托起金盏，用嘴
放飞我们远行的心愿

你看
孩儿们乘着降落伞，
飞向新的彼岸。
那边
又是金色春天

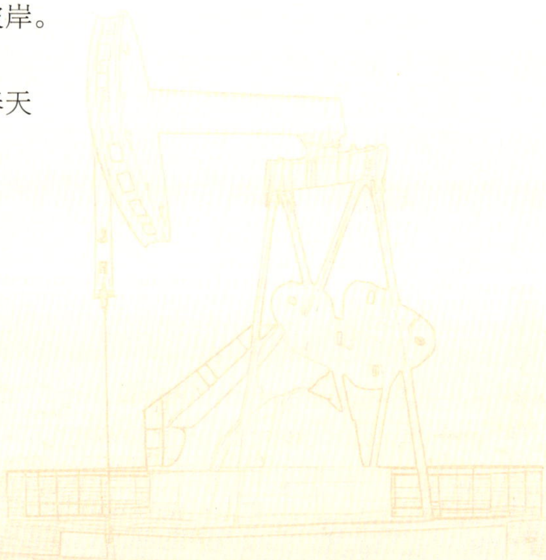

我是一滴石油

高永忠（河口采油厂）

我是一滴石油
源自亿万年前地质年代
一个遥远的梦
我是一滴石油
沉睡在数千米地下
神秘而广袤的地宫
我的蜗居
砂岩　页岩　碳酸岩
有朝一日
地质调查的隆隆炮声
将我惊醒
一只钻头　将我解放
我飞身一跃　出地层
一路跋涉　我来到一座炼塔
我的人生实现华丽转身
催化　裂化
重整　聚合
我联手我的兄弟姐妹
为美好生活加油
众志成城　助推现代文明
我也终将也是一滴石油
把几大卡热量推送

寻找华八井（外二首）

耿庆昌（老年服务管理中心）

我站在华八井旁
在寻找华八井
从河北到河南
又从河南
再到山东
从华一井打到华四井
再回河南
打华五
再来山东
打华六、华七
这是什么样的音符
又是什么样的诗行
早知道华八井能出油
那两匹一路拉运井架的骡子
打死也会留一口气一丝目光
当 1961 年 4 月 16 日
华八井中的一块油砂
被火速送到北京时
那情那景
如何描述我已想了五十余年
一腔热血
两行泪
远没触到您的灵魂
及我要寻找的华八井

老石油说

只要
我走得动

就要常去华八井
走不动
也要常去华八井
那里让我知道
心中有祖国的力量
也让我知道
泪没白流
汗没白淌
胜利中
有笔墨难书的
那一滴一滴

致敬老石油

东西南北锁油龙，为国富强屡建功。
牛棚酣睡不惧寒，条件有无热汗捐。
喜看祖国百业兴，安度晚年不得闲。
愿做人梯送霞晚，只为明天胜今天。

石油华章，胜利荣光

谷志勇（纯梁采油厂）

石油华章，胜利荣光
金秋诗会，胜利油田荣耀时；
石化四十载，开发劲转过六旬。
怀念往昔，传统永存心间；
坚定信念，追求荣光不分晷。
红色烈火燃，党的二十大精神常；
总书记嘱，能源饭碗端牢牢。
胜利精神，承载着田儿的愁与笑；
奉献之心，在每个油田奋斗豪。
忆往昔，握紧三基的红宝石；
技术创新，成就无限辉煌的梦。
思想共识，凝聚力量永如山；
胜利油田，发展的篇章铺展。
诗声飘扬，艺术的翅膀轻摆荡；
金秋时节，油田情怀化为诗行。

以百年的名义（外一首）

关脉凌（胜利测井公司）

家住利丰，隔着飘窗
春天在向我招手
几棵盆栽的绿植
按捺不住性子，欠身韶华

小区的楼距宽阔
宽阔得可以盖上一幢楼
家门口的运动空间
不时传来孩子们的欢笑
小区的道路宽阔
宽阔得可以并排双车通过
庭院、园廊、亭台尽收眼底
青桐、山桃、紫荆花木繁多
小区的水面宽阔
宽阔得可以容下整片整片的云
曾经两度战胜台风强降雨
不仅仰仗小区的地基高筑
那蓄水的池塘也立了功
后来成为锦绣公园的一颗明珠

风儿拨动春池的心弦
鸟鸣啾啾一展歌喉
白帆模样的亭子旁
鹅黄柳条随风起舞
水湄是律诗的韵脚
山石是美文的点注
灌木丛里藏身的小刺猬
悄悄画着自己的线索图

向东可到飞机场

北大门毗邻北二路
往南直达火车站
东大门正对庐山路
家住利丰花园
度假休闲何须外出
花园连着公园
吸引街道更多的居民光顾

享受春天的温暖
家住利丰，赞美利丰
关注企业文化
锚定目标，赋能利丰
以百年的名义
相约利丰，与胜利同行

午夜十二时

午夜十二时
归零，指针不可逆转

塔克拉玛干的弯月
如发令枪的扳机
勘探车灯尾随跳跳鼠
读秒开始，不见终点

直到
所有的指针，目光
翻过一重重沙山
钩联昂昂钻塔

测井释放电缆仪器
与井筒同心
几番艰险储层孤往
操作屏幕成像显示
和星斗为伴
此夜汗湿工衣微寒

采收深地一号的神奇
让油气突破地下珠峰

一袭沙漠色下到凡间
记住当初跑入的日子

光

郭建翠（河口采油厂）

曾几何时
你是一跃而下的勇气
激起点点泥花
曾几何时
你化身一束光亮
照进前行的路

六十年
时间辗转
经历年轮的沉淀
光影与血脉交织
铮铮誓言
殷殷期盼
是使命，更是指引

如今，岗位变迁
你闪耀依旧
偶有荆棘丛生
有你，却坚定如石

春光无限
欢喜满园
迎着春日的曙光
奔向更加灿烂的明天

足 迹

郭静（油藏动态监测中心）

火热的心啊在澎湃
广袤的华北大平原
石油到底藏在哪里
多渴望拥有巨人一样的拳头
砸出一个大油田
让汽车奔驰
让飞机起航
让国人富强
石油雄师在奔跑……

渤海湾海面上漂浮着的油苗
如星星之火
点亮了千里寻油的希望征途
荒野上没有路，扑倒的身体就是路
荒野上没有家，搭起的草棚就是家
荒野上没有设备，双手和脊梁就是设备
寻寻觅觅
上下求索
石油雄师在奔跑……

六十一年前的四月十六日
黄河岸边三百里盐碱滩
华八井喷出第一股油流
沉睡了亿年的油藏终于流淌出蓬勃的春天
石油花开
万马奔腾
千千万万石油人振臂高呼——
胜利油田
石油雄师在奔跑……

从陆地到海洋

从东部到西部
从国内到国外
科技创新让石油人如虎添翼
绿色、安全、高效发展
一代代石油人从开拓者手里接过了胜利的大旗
紧握拳头
奔向胜利
石油雄师在奔跑……

渤海湾（外一首）

韩馥任（作业支持船组运行部）

夜踢渤海浪
风炒玫瑰香
海鸥唤晨醒
唯见采油忙

油田人

依船当家井当床
风儿作曲浪为歌
早挑太阳夜提月
喜把油海当银河

“红色的力量”

侯琳（东胜公司）

我曾记得
儿时
逢年过节　亲人团聚时
母亲才会从包袱里
拿出红色毛衫穿上
那时起
红色
便成为我心中母亲的颜色
象征着温暖和希望

我曾记得
一个烈日炎炎的下午
在庄严的礼堂
老师为我系上红领巾时
我内心的紧张
“誓做共产主义接班人”
童声回响，滚滚热流在心中荡漾
那时起
我心里揣着一颗红星
闪闪发亮

我还记得
我把红色的奖状
整齐钉在墙上
有感情地一遍遍朗读：爬雪山、过草地，飞夺泸定桥
引以为豪的共青团徽
沐浴着党的雨露
在胸前闪光
那时的红色
是五四精神的感召

是天安门城楼前的红旗飘飘
是时刻准备为革命而挥洒的满腔热血
是无比坚定的人生信条

今天
红色变成我身上的颜色
陪伴我春夏秋冬
走过井场、钻台
儿时母亲的红便成了我人生的路

我们站在党旗下
高举右手庄严宣誓
为共产主义事业奋斗终身
红色变成誓言
烙在我们心底
不忘初心　牢记使命
红船精神　扬帆远航
红色火炬　炙热的光芒
为我们指引胜利的方向

民族复兴的伟大时代
红色，为我的生命
注入了永恒的力量
岁月不居　百年风华
我要以这红色的力量
为她谱写生命的华章
我要以这红色的力量
为她增添无限的风光

沸腾的胜利油田（组诗）

黄凯（机关管理服务中心）

阅读胜利的往事

走进胜利油田，如同走进
一部红色奋斗史的纪录片
在新时代的伟大节点中
探寻年代久远的光阴故事

岁月的轴线
延伸到一九六一年
陈列出激情燃烧的画面
是谁生怕惊落了尘埃
悄悄地阅览胜利诗章

渤海长风，华北尘烟
浮烟似的工人的脚步
行走大地寻油的跫音，铿锵

九三三厂的最初形象
无声地雕刻在泛黄的史册中
从华一井到华八井
从营 2 号井到坨 11 井

大会战的场面，风风火火
无数的铁人，炽热，真诚
把最深的梦，跃然纸上
把所有的辛酸与泪水隐藏

心中一抹红，手中三尺镐
默默耕耘，默默奉献
不甘于落后的命运
从此诞生崇高的信仰

轰隆隆的钻井声
奏响了胜利的歌谣
只有风的伴舞
还有自在的鸟儿合唱

漫卷的红旗，飒飒作响
敢教日月换新天的气魄
掺杂着黄泥尘垢的汗水
凝结成不朽的丰碑

在平原，在山峁，在每一处油田
与天地斗，其乐无穷
坚定的意志，铸成钻头
坚硬的石头没有抵挡住

万米之下的怒吼声
驱赶出无尽的石油
如同喷薄的血液，供养祖国母亲
如同冲天的巨龙，向大地向云端

当时烈日风霜中的胜利人口号
从不会销声匿迹，反而充满力量
任由四季流转带走了光阴
那些远去的往事，依旧在风中激荡

油田的黄昏

晚风打扫落日的余晖
去往的远方，接近地平线
油田旁觉醒的树，慢慢沉睡
等夜幕完全降临后
悄悄地合上蒙眬的眼睛

黄沙，色彩渐渐被掩盖
当华灯初上的时候
喧闹的鸟鸣戛然而止
这一片热闹的石油部落

即将迎来仅有一夜的宁静

天上的繁星，地上的灯火
晃出一个个黝黑的面孔
把石油工人的身影拉长、拉长
在熹微的闪烁中
提供着发展的启示

星罗棋布的抽油机
拖着长长的油管尾巴
在华北平原上频频点头
起起落落起起
肃然地接受云霞的巡礼

一望无际的胜利油田
目光的尽头分明是天地的轮廓
这一刻，顾不上遥远的距离
这一刻，穿到过去，穿越未来
最后不得不穿进清冽的夜里

值守的胜利人，默默奉献不止白天
结茧的双手，高举着发展的红旗
飘扬起坚强的意志
就在那一抹黄昏的光影中
表现出胜利人无休止的张力

听，那钻井声

听，新时代的油田钻井强音
急促地加紧脚步
从渤海之滨传到华北大平原
传遍九百六十万平方公里的大地

空旷地上的事物会听得到
它们也许会故作不懂辨别
不懂辨别胜利的微语欣怡

三叶虫的年代已经久远

似乎任何声音都不能把它惊醒
开荒凿井年代的咆哮
铁人们惊天地泣鬼神的气势
抖动了苍茫天地的脉搏

深藏于岩土中千百米的石油
沉睡在大地里亿万年的黑金
顷刻间，苏醒过来

工人的沉吟，不妨说他们沉吟
沉吟着铿锵的声调
沉吟着胜利的颂歌
一声声，不绝于耳
一步步，砥砺奋进

油田传来的钻井声
比悠扬的琴声更动人
它也许是岁月的赞歌
唱响双百年的民族复兴的梦
陌上的风，吹打着节拍
涌起了岁月长河中的沉淀

忽视蛐蛐的吟唱
听，胜利人的声音
忽视云里云外狂风的喧哗
听，热闹，繁忙，油田的声音

胜利的方向

每一条路，都有一个方向
每一个人，都有一个梦想

胜利人的路与梦想
是跨过明媚的山峦
跨过铁青的平原、奔流的长河
去往高质量发展的诗和远方

用一个时代，安排出场

涉足滚滚的春潮，启程
高举旗帜进军的号角嘹亮

固本培元，夯实“三基”
用石油作为阳春甘霖
浇灌发展之树叶茂枝荣
每一个成果，每一片云彩
都会在清风乍起时轻舞飞扬

向远方，向远方
嵌入生命的动力，迈开脚步
在时光的转角处，在胜利的终点
执一支青春与激情的笔
谱写出一幅锦绣的胜利华章

我所见的胜利

黄宇（纯梁采油厂）

六十年艰苦创业
换巍峨石油城一座
六十载拼搏奋发
为国献油十二亿吨
且看今日之胜利人
依旧铁肩担重任
奋进时代新征程
九层之台，起于累土
无数胜利人基层扎根
才有
油龙面世，黑金出土
酷暑至寒冬
胜利人矢志坚守
井场上、管线前、平台里
或面对风沙，或搏击海浪
胜利人不惧挑战，身影匆匆
青丝化白雪
尽为
国家能源之安全
美哉我胜利基层，与天奋斗！
壮哉我基层胜利，为国献宝！

胜利油田，我的家

黄忠红（纯梁采油厂）

油田，这是我儿时的憧憬
胜利油田，这是我初入学时的向往，这是我遥远的神圣
高考时，我毅然填报了与石油有关的专业
分配时，我选择了胜利
来到了我梦寐以求的地方——胜利油田
这里的石油大哥，勤劳、朴实、善良
这里的石油大姐，细致、热情、豪爽
这里的队长、班长关心、爱护我们
这里的采油队充满着温暖、亲情
这里就是我的家，我的第二故乡
在这里，我了解了石油
在这里，我了解了石油人
在这里
《我为祖国献石油》在这里传唱，“三老四严”的作风在这里传承，“为民精神”在这里传递
在这里，迎来了新世纪的曙光
在这里，迎来了中石化成立四十周年
在这里，迎来了产量突破十亿吨
在这里，他们创造了新的辉煌
胜利油田从胜利走向了新的胜利

面对甲午年以来的“寒冬”，新时期的石油人没有退却，也不会退却，
这正是对石油人的智力、耐力、能力的考验
党的十八大以来，迎来了新的时代，迎来了新的征程，迎来了新的机遇
“三转三创”的号角已经吹响
我们有石油人的精神和力量，因为我们是共和国的脊梁
我们石油人敬业、创造、爱民、奉献
“两讲”增添了企业发展的动力和活力
党员干部讲执行，员工群众讲责任，这是我们的行为准则
严谨作风成就了我们石油人的伟大

榜样的力量在这里得到发扬

我们愿意在转观念、勇担当中为创效益献出我们的汗水、力量和豪情

为国、为油田、为家我们必须担当起新时代的责任，为我们石油人的梦想再立新功

是星星总要发光，是雄鹰总要翱翔，是石油人总要争强

让我们在党的二十大精神的感召下，在“三转三创”活动中尽情地发挥我们的才智

我们将在这里出发，胜利走向新的彼岸

时代在召唤

让我们各尽所能，尽情弹唱我们石油人的胜利之歌

奏响新时代石油人的凯歌

把我们的油田建设得更加美好

因为这是我们石油人的家——美丽的胜利油田

金秋颂歌

靳方坛（临盘采油厂）

檐下呢喃的燕子
眷恋着不忍南飞
银杏披上金缕衣
大地之上，墨绿变成了暖黄

炫彩的叶子在枝头摇旗呐喊
缤纷的落英流淌
我们拎着长长短短的句子
奔赴盛大的诗歌宴会

远道而来的船只
载着金色的阳光
飘至黄河口的明月
镌刻上年轮的沧桑

辽阔的星空驱散了夜的黑
为赶路人点灯指航
风筝化身高高低低的音符
找寻属于自己的方向

站在荒原的铁树
从不吝惜对岁月的表白
秋色正浓，诗意正兴
今日的豪迈在捷报中传唱

原野的声响敲开大地的心扉
每一寸土地都是舞台
我们喊着轰轰烈烈的誓言
阔步向前，心向未来

一个人的月光（组诗）

咔咔（临盘采油厂）

蒹葭

不知活了多少个月亮
矗立风中，蒹葭怀抱白霜
宏大的盛开，比月光清冷
就像一个人站在这里，被时间遗忘
风吹进辽阔的心房
月光是无边的寂静
寂静是无边的月光

诗朗诵：邵大川

扫码收听音频

月亮坐在天上

月亮坐在天上
心中装满石头
一个人太轻，会被风吹走
这个任性的女人
瘦了又胖，胖了又瘦

狩猎

心中奔跑着奇异的兽
猎人说，你追兽
兽也追你
半生都活在追逐中
比猎枪更快的是兽
比兽更快的是光阴

月亮奔跑

月亮奔跑
一半是风，一半是豹
我想和你一起看月亮
风在旋转，豹在跳跃
这是最美的时光，让人天真与遗忘
月光里，有无数条路通向你
万物生长而群山回响

梦境

夜是只巨大的鸟
古旧的翅膀，盖住万物的苍老
风把大幕布置好了
黑兽藏在黑里，白兽藏在白里
黑和白都危机四伏
谁在打鼾
灰色的人奔跑在灰色的梦里
耳鼓被风灌满
大地晕眩，月光迷蒙
做梦是件勇敢的事
夜也穿不透这起伏的情境
虫低鸣，兽静伏，鸟沉吟，人不语

起风了

起风了
月光下流行拥抱礼
风拥抱草，草拥抱大地
万物在练习爱
一只虫拥抱另一只
一只兽拥抱另一只
一只鸟伸开羽翼，轻轻拥抱自己

人世间（组诗）

李宝杰（东胜公司）

割麦者

麦田金黄，阳光歹毒
父亲光着脊背
腰弯得像一张弓

父亲有节奏地挪动脚步
镰刀闪着寒光
麦子齐刷刷地匍匐在脚下

有时候，父亲也直一直腰
咕咕咚咚
喝一碗凉开水

再弯下腰时，阳光又咬他一口
晒得发紫的脊背上
长出一层珍珠

日头偏西时，广袤的麦田里
只剩下父亲一棵麦子了
他揉揉腰眼，站成一尊神

诗朗诵：邵大川

扫码收听音频

雨夜

天黑时起了风，风很猛
把牛棚上的草苫子掀到院子里
风带来了雨

先是滴滴答答
接着哗哗啦啦
爆雷之后就瓢泼了

牛一直站在那里
牛只能站在那里
牛没有去处

牛没有吃草
牛没草可吃
牛槽里长着雨水

雨小了的时候
牛抬头看看天空
牛不说话，牛不哭

老姨驰

把灶里的火熄了
起身，饭熟了

给大儿子穿好衣服，洗把脸
大儿子笑笑，露出豁牙

给二儿子穿好衣服，洗把脸
二儿子也笑笑，露出豁牙

哥儿俩是双胞胎
六十挂零，智障

把他们安顿在树荫下
她在田里给稻谷追肥

她弯下腰拔了两棵稗子
抬头，看一眼两个心头肉

风，送来槐花淡淡的清香
她没有欢喜，也没有悲伤

小石头

小石头坐在大石头上
看着圆圆的落日卡在山凹

山的那头是太平县城
妈妈在那儿打工

天渐渐地黑下来
远远近近的鸟儿都往大杨树上飞
一群羊从山路上挤下来
大羊叫一声，小羊应一声

那天，妈妈对小石头许诺
等月底发了工资
就给他买新衣服、新书包、新文具
再过三天，小石头就要上学了

猛然间，小石头像是想起了什么
撒丫子就往家里跑
这时，脑瘫卧床的父亲
已经把尿拉在被子里了

我的农民工老公

进门，老公就哭了
问他为什么
他不说

他用一瓢一瓢的凉水
浇自己的头。有些欲望浇灭了
有些，又活了

出门时，他拥抱了我
说，晚上接孩子
给她买支雪糕

万丈高楼上，老公像只蚂蚁
抱着一根橡胶管子
浇筑水泥

那些疏通城市窨井的人，有一个是我叔叔

几个疏通窨井的人
在低着头啃馒头
碗里的豆腐汤，早喝光了

窨井壁上的油污
有的粘在他们的工衣上
有的粘在他们的脸上

我慢慢地走上前去
对着一个又矮又瘦的男人
喊了一声：叔叔

他抬起头，眼睛放着光
问我放学了，然后
从内衣兜里摸出两元纸币，塞给我

我在超市买了两块冰糕
当我跑回来时，叔叔已下到窨井里
窨井很深，那么黑，那么臭

小区里，站着一棵柿子树

柿子熟了
溜圆溜圆的
像一盏盏小灯笼
照耀彼此的生活

这些特别喜庆的小东西
是惹人眼馋的
如果踩在高凳上
那些个大的也会向你招手

一只鸟，站在离柿子最近的枝上
它用长长的喙
把一兜的幸福
啄开一个小口

夕阳的光斜过来
它的羽毛是华丽的
纤细的腿是金黄的
两只小眼睛盛满了喜悦

赏月

十五的月亮又圆了
八月十五的月亮又圆了
亲爱的，你也在赏月吗

这儿，紫薇盛开着
桂花也正香着
有风，送到窗里来

极目远眺
天上的星星，人间的灯火
已经互相祝福了

今夜，你到我的梦里来
或者，我到你的梦里去
都是幸福的事

从卡日曲到入海口（组诗）

李滨（孤岛采油厂）

青

这些光线不断变换姿态，随物赋形
急切寻找着云阵之间的缝隙，抵达星宿海
平静的水面，像逆流而上的鱼群一样虔诚
血迹未干的太阳，在蔚蓝与碧绿的交界处
逐渐展开蜷缩的身形，开始扇动翅膀
终于能够飞翔，追逐那些逐渐远去的大鸟
五颗在各姿各雅山坡滚动着的琉璃：金木水火土
汇成的涓涓细流，亲吻过一朵小花的羞涩
河水变动不居，是光影的追随者？还是
受到神秘的指引，在黄土地上尽情奔涌着
最后在入海口轻柔地睡去，一呼一吸
胸口起起伏伏，呼应着月亮的阴晴圆缺
大海敞开心扉，容纳大河的泥沙俱下
金戈铁马，穿空摩崖，都隐身于云的铜钟中

诗朗诵：王东

扫码收听音频

蜀

四周围拢而来的山峦，因激动
而变得呼吸急促，不停向上
伸出粗粝的手掌抚摸着白云的发丝
季节性迁徙的牛羚，用坚硬的蹄子
对柔软的诗书刨根问底。鹰击长空
影子锋利，铧犁般在若尔盖草原
腹部翻起波浪。贡嘎山峰峦如聚
高举汉白玉的酒杯，它要把
满泸沽湖的清酒献给谁？是醉酒的诗仙

还是守护对面大江的历历十二晚峰
朝霞中神女峰走出命运的悬梯，急切地
向这边遥望。扭头北去的大河，义无反顾
河水在急转弯处思绪澎湃，用小篆
在大地的书页上描出一个大大的“水”字

甘

铿锵的琵琶声在翻滚的水面上烙下
细腻的印迹，和崖壁粗线条的岩画相比
更让人明心见性。石林表情肃穆
内心却涌动着波澜，严阵以待
的士兵方队，见证过嘉峪关的烽火三月
玉门关战马的嘶鸣，也曾醉倒在
酒泉温柔的臂弯里。张掖、武威和兰州
这条静脉的连线和奔向西北动脉的大河
共同织成绸缎的一角，明洁的光芒，照亮
层层叠叠岁月间的缝隙。大河弯曲
清与浊分开，开始混沌，勾勒出一个
阴阳交汇的太极图，拉脊山、查灵海，就是其中
的阳眼与阴眼。当“秋水时至，百川灌河”
波浪锤击岩崖声音如急促的战鼓擂响

宁

大河之水在夕阳下波光粼粼，身披黄金甲
从对面横亘下来的贺兰山，这匹曾经
桀骜不驯的骏马，绵延四百里
用宽厚的脊背阻挡了八百里加急的朔风
让风起云涌的塞上，开辟出风景如画的江南
摩崖上那些至今仍在奔跑的影像
由祖先灵魂的闪电在岩壁上炙琢而成
记录着和大河之水有着同样肤色的人们
苦难并辉煌的过往。在青铜峡，沸腾的铜汁
浇铸为耒耜的形状，每一朵浪花，都抱起双拳

不停向三不入家门、划定九州的先贤致敬
西夏王陵九座墓塔，在正午阳光下
显得格外渺小。河水滔滔，无休无止的罡风
见证过多少王侯将相都淹没于岁月的尘土之中

蒙

伏羲手拿矩尺丈量土地，呼应此处大河的流向：
横平竖直，巴彦淖尔位于矩尺的顶点
阴山蜿蜒起伏，披坚执锐，长城烽火台
怒目圆睁，狼烟仍在高空扶摇，迟迟不肯散去
共同守卫着沃野千里、水草丰美的河套
持节牧羊的苏武，将不屈的背影敲凿在
呼和巴什格山的胸膛上。王昭君，因为天生
一颗不肯媚俗的心，而逃出黄金打造的牢笼
红颜不薄命，她以母性的柔情，融化了
苦寒之地的乖戾。大雕羽翼丰满，直冲云霄
早已与弯弓的铁木真和解。乌梁素海
这颗大河的遗珠为她捧起汇入的五条小河：
蓝白黄绿红的五彩哈达。洁白的羊群逐水而居
体味着呼伦贝尔草原上的春风秋月，年复一年

陕

潜龙腾渊，冲决昆仑的河水不可阻挡
粗犷奔放的信天游、“嗨、嗨”低沉铿锵的
船工号子，跟随奋蹄牛群，在水面上疾驰
直冲两岸壁立如削的龙门，河水咆哮而出
声如擂响大地之鼓。黄帝陵掩映在青松翠柏间
风水轴线追寻“龙脉之祖”走在同一维度上
他从来没有老去，亲手种下的柏树四季常青
见证过五千年风霜、多少王朝的更迭
华山挺立于四方之中，如剑锋般直插云霄
五大主峰分立五个方位：东西南北中
绽放如玫瑰花，其服如华，深入骨髓的图腾

一万匹纯种的蒙古马乘山势碾压而来
嘶鸣声不绝于耳，岚风在山涧中呼啸盘旋
腾空而起的七彩云雾就是秦晋之好的盟言

晋

在老牛湾，大河柔美的曲线毕现，鬼斧神工
一夫当关的长城，在这里与大河握手言欢
千年不散，把刚柔相济展现得淋漓尽致
“盖河漩涡，如一壶然。”河水挟裹着黄沙
惊雷滚滚，冲开一切羁绊，一头扎入龙潭
共工怒触不周山的天崩地裂都难以望其项背
阳光下，旋飞的鳞片比七夕的鹊桥更胜人间无数
尧帝住茅屋、吃糙米，和风细雨般润泽他的人民
命后羿杀死六兽，射落九日为民除害
开驯服肆虐洪水之篇，高亢亮丽的民间小调
一再传唱着由赤龙护佑而孕的尧母庆都
鹳雀早已飞远，只剩六层危楼被大河揽在臂弯里
几度沉浮，老僧入定般心无挂碍，那些蹦来蹦去
呱呱噪噪的燕雀怎能静下心来体会其中三昧

豫

女娲就地取材，抟河边泥土做人
于是皮肤就有了黄铜的颜色，大河的胎记
她累了，躺下来眺望，惊叹于夜空的洁净
于是有了黑色的头发、黑色的眼睛
轩辕氏也生于此，有土德之瑞，呼应着“黄”字
他与神农氏身形巍峨如同巴颜喀拉山脉
大禹劈山定“人、神、鬼”三门，是为三生万物
水抵达此三峡，崖石穿空，乱云飞渡，为女娲
摔绳做人的随意挥洒而心花怒放。夸父为民请命
舍生取义，化作山丘、桃林，庇护一方风调雨顺
开封，曾经的八朝古都，昔日高高在上的烟云
都随浩荡的波涛付之东流。清明上河图中

形形色色的布衣，他们的叫卖声、吵闹声、读书声
此起彼伏，不绝于耳，同河水一样生生不息

鲁

过了最后一曲，尤壮怀激烈、万马奔腾
变得胸怀坦荡，容纳百川。看，在岸边
圣人扼腕长叹：逝者如斯夫，不舍昼夜
河水继续向前延伸，对此不置可否
东岳腰背挺直，向远处眺望，双手捧起
蓬勃的日出，郑重地挂在大河的脖颈上
泉水叮咚，七十二泉用双手张开的花瓣
迎接雪山来客，寻找由“龙脉之祖”滴下的
第一滴凝结的汗滴、玛曲河里游鱼的音符
大河开始俯下身子，呼吸着三十里槐香
伴随着天鹅的芭蕾翩翩、白鹭的浅吟低唱
带着微笑安心入眠，梦回她的源头
卡日曲的五个音孔：宫商角徵羽
金声玉振，枕着编钟十二律拥入大海

井场，石油人的诗和远方

李建康（现河采油厂）

“李站，今天夜校大讲堂值班还是陪床？”

“今天不陪床，去厂夜校大讲堂。”

尽现大多数中年人的日常。翻了一上午的朋友圈，想找个他的好照片，却翻出一个刚柔并济、铁汉柔情记录油味的井场诗人。没有自己，记录的都是兄弟们的工作场景、工作感悟和温馨的家人。留在脑海中印象丰满的日常、洗得泛白的工衣、群策群力的场景。今年朋友圈发得少了，夜晚忙碌的精灵，不是在值班，就是在夜校提升，或是在陪床。洋洋洒洒1500字，多少个日日夜夜的坚守。

大线波动井瞬停，
网络受限难开井。
领导指令人工上，
红衣飘荡井场中。

同心砥砺奔产量，
勇于担当有作为。
白天黑夜红衣在，
何愁产量不完成。

夺油上产四十天，
白天夜晚都无闲。
急难险重往上冲，
焊花飞舞划星空。

和衷共济同发展，
酒驾醉驾要禁止。
六项纪律须牢记，
警钟长鸣意志强。

采油厂，大夜校大讲堂第二天。

坚定思想跟党走，
讲堂授课激情高。
新型管理出效益，
砥砺前行现河人。

油田企业为产量，
白天不够夜里补。
调度指令不分点，
倒油押运一条龙。
又是一个不眠夜，
流量计里跑人生。

何其有幸，生于华夏，生于盛世，不经战乱，不缺衣食，感恩祖国的庇护，祝愿咱们的国家繁荣昌盛。

中秋假期虽不长，
生产预案要跟上。
以防有事乱阵脚，
咱有预案心不慌。
坐车倒油观风景，
千亩藕池满塘绿。
微风吹过荷叶摆，
小鱼惊吓鸟儿飞。

狂风暴雨都不怕，
因为咱是石油人。
父辈精神永不忘，
不让产量少一吨。

电闪雷鸣风雨起，
道路泥泞急巡井。
又是一个无眠夜，
产量意识不放松。

为了油田的事业发展，
为了采油厂产量目标，
为了管理区效益增加，

为了兄弟能吃上硬菜。

保持良好的心态，少一些抱怨，多一些责任，快乐永远会伴你左右。

悔恨当初学习少，
中年后悔已惋惜。
过目几遍记不住，
头晕眼花继续刷。

春风拂面夜风寒，
车过树摇雪花落。
夜深人静都已眠，
只有红衣在忙碌。

巡井巡线为产量，
加强时率是关键。
不分白天和黑夜，
调度指令必执行。

忙里偷闲搞三标，
平整井场除杂草。
安全隐患齐消除，
新年假期保平安。

替油挖潜降回压，
心装产量无早晚。
虽已夜深无困意，
红衣飘荡夜色中。

安全是生命的保障，
产量是效益的源泉。
时率是管理的根本，
挖潜是增油的措施。
用心是精细的开端，
团结是队伍的精髓。

劳动竞赛六十天，
不分黑夜和白天。
滴油必争为产量，

采油树下品人生。
午夜电话铃响起，
罐位已到两米一。
产量当前无睡意，
劳动竞赛创效益。

日出而作日落忙，
只想开井产量上。
劳动竞赛六十天，
苦点累点又何妨。

压力异常急巡线，
身穿皮裤下泥潭。
艰难行走互搀扶，
兄弟情深芦苇荡。

国庆长假连阴雨，
多处井场已被淹。
兄弟拿锹急排水，
齐心协力无怨言。

昨夜秋雨下一夜，
今日圆月挂天空。
明天中秋团圆日，
只因工作难相聚。

面朝黄土背朝天，
手拿割机天天干。
腰酸背疼不喊累，
只想把草早割完。

油站突见压力降，
极速巡线麦田旁。
挥舞铁锹战管穿，
弧光闪烁照红衣。

泥泞地里找管穿，
埋头苦干为油田。
饭点已过无饿意，

一心只想为生产。
方向对了，就不怕路途遥远，
心态好了，会失去很多烦恼，
努力付出，才有更多的收获。

活多人少任务重，
吃苦耐劳人人行。
急难险重兄弟在，
满腔热血工作中。

真心感谢这帮兄弟，干工作都是无怨无悔，从来没有一句怨言。

汗流浃背埋头干，
不知何时渗透衣。
只想绿企验收过，
好让史南拿第一。
风险管控不放松，
宁钻鸡棚也要控。
为让村民保平安，
钻个鸡棚又何妨。

兵分两路搞绿企，
烈日当下不停息。
兄弟姐妹埋头干，
此时汗水渗透衣。

今天上班的兄弟姐妹们真的非常辛苦，目前人员少，真正实现了一人多岗，一人多能。

安全环保责任重，
产量经营不放松。
绿企创建加油干，
百日创效进行中。
流血流汗都不怕，
因为我是采油工。

疫情防护口罩戴，

高压线下防火情。
以防着火大线停，
未雨绸缪创效中。
兄弟齐心干劲足，
瞬间荒草已铲平。

烈日炎炎三伏天，面朝火花背朝天。
辛辛苦苦把油添，踏实肯干为油田。

兄弟齐心干劲足，
白天黑夜两不误。
一心扑在工作上，
老辈传统不能丢。

清晨出行日落归，
寒风细雨路泥泞。
饭菜吃在井场上，
团结一心效益在。
安全环保永不忘，
绿色创建放心中。
再苦再累都不怕，
因为都是史南人。

朝阳出行晚霞归，
干部带队职工随。
不知疲倦埋头干，
艰苦奋斗石油魂。

起早贪黑如一日，
放弃年假上产忙。
再苦再累都不怕，
莫让职工心里凉。

安全第一是真理，
队伍稳定是根基。
团结奋进六十天，
产量争取二百七。

石油人

李淑贞（河口采油厂）

放下安逸，远离繁华
化身勇士在能源的战场上冲锋陷阵
深山大海，荒漠戈壁
红色的身影将孤寂点亮
黑夜白昼，风沙雨雪
探索的脚步无法阻挡
不会害怕吗？
都是血肉之躯岂有不怕之理
为了摘掉贫油的帽子
他们顽强地挺直了脊梁
没有担心和牵挂吗？
都是父母的子女
都是子女的父母
他们承载着能源的梦想
把他乡当成了故乡

胜利的光芒（外一首）

李霞（地面工程维修中心）

我铺开十月金秋的红毯
迎接一场丰硕的馈赠
屹立在盐碱滩上的钻塔
不停摇摆的抽油机
串起芦苇荡中的诗和远方
我沿着您指引的方向
寻觅着胜利的光芒

我捻起黄河的边角
抽起一条绿色的丝带
飘过那片肥沃的土地
让我也闻闻那片豆香
飘过那段入海口的围栏
远眺那段古道的波澜壮阔
体会那无限的眷恋与挂牵

我摊开湛蓝的天空
描画出五彩斑斓的云朵
让红色底蕴引领前行的脚步
让绿色低碳融入高质量发展
多彩的胜利在新征程上
再立新功再创佳绩

我们牢记嘱托　不负期望
早已吹响了胜利的号角
在保障国家能源安全的大路上
石油战线的旗帜高高飘扬
爱国　创业　创新　发展
为祖国找油的初心矢志不移
为民族争气的情怀浓烈坚定
石油人牢记嘱托创造着新的荣光

胜利的脊梁

总有一种力量让我们热情澎湃
那是与天斗与地斗的豪情
敢闯深潭敢打必胜的信念
你甘为石油甘洒热血的刚强

总有一种笑容让我们感怀青春
为那汩汩喷涌的石油迎难而上
为那亘古不变的向往乘风破浪
你伟岸的身躯挺起胜利的脊梁
总有一种团结让我们齐心协力
用钻杆刻画初心的梦想
用铁肩膀扛起责任的担当
你们是砥砺奋进勇往直前的榜样

总有一种精神让我们斗志昂扬
肩挑重担不畏艰险从容坦荡
团结奋战不忘初心步履铿锵
胜利的旗帜在钻塔上高高飘扬

石油之光：致敬油田战士（组诗）

李新波（桩西采油厂）

孤独的油田

烈日下，我走在茫茫油田
黄沙漫天，随风舞蹈
远处的野草，凋零不堪
只余下一片荒凉

这里没有繁华的城市
没有喧闹的人声
只有一群勇敢的工人
在这嘈杂的机器轰鸣声中劳作

每天的日出，他们都看见
每夜的星空，他们也拥有
而我，只是路过的旅人
无法分享他们的感受

我想，这样孤独的生活
也许只有在这片沃土上才能品味
我向油田工人致敬
因为他们用汗水谱写着胜利的篇章

黎明的光芒

黎明时分，我站在油田的边缘
远望着那一片油井的森林
巨大的机器似乎正在进食
接力地吞噬着黑暗的世界

细数过去的岁月
这里曾经是一片寂寥

如今却成了硕果累累的胜利
那些年，我们只身一人在荒野里拼搏

油井的采油机在汲取它们的力量
我想起了这片大地的历史
我们曾经经历过生死离别
也曾经历过荆棘和坎坷

在黎明中站立，我感觉到了一丝温暖
这种温暖并非来自太阳的光辉
而是那些挥洒汗水的油田工人们
他们用自己的坚韧打破了黑暗，带来了光芒

我向他们致敬，感谢他们为我们带来了新的胜利

勇往直前

战士们，你们在哪里？
是在远方的油田吗？
听说那里危机四伏，随时都会有危险

但你们没有退缩
不屈不挠地前行，朝着胜利迈进
你们干净的制服上布满了汗水
你们疲惫的身体中蕴藏着信仰

风雨中，你们坚定地站立
烈日下，你们埋头苦干
你们的身影深深地刻印在我的心里
你们用勇气诠释了生命的意义

所以，当我看到胜利的旗帜在风中翻飞
我知道这是你们勇往直前的成果
当我沐浴在胜利的光芒中
我想起了你们的坚持和奋斗

谨以此诗，向那些为油田荣耀而奋斗的战士们致敬！

油城情怀

昔日荒凉今繁华，
勘探有成胜利家。
青山绿水抚新区，
油井高耸沐光华。

岁月流转盼团圆，
望星空下忆故乡。
周而复始钻黑金，
开发油田创辉煌。

工人挥汗铸奇迹，
技术创新赋意义。
勇攀高峰谱华章，
收获成功诗篇写。

矿场生动如画卷，
生活真实甜与苦。
因为热爱不离去，
油城情怀炽如火。

感恩时代，感谢有你

李跃飞（桩西采油厂）

感悟诗意人生，
畅想奔腾之水穿越悠长岁月的涛声，
挥动生命船桨，
享受乘千里长风搏击惊涛骇浪的激情。
桩西，这个富有生命活力的团队
赐予我辽阔旷远的胸怀，
在永恒的价值平台上展现青春多彩的笑颜，
启动梦想，信念便在这里扎根延长。
记忆在风雨飘零的岁月里程中载上我的行囊，
我带着懵懂的自信，走进桩西，
融入她灵魂的深处，
惊喜地发现自己走进了和谐进取的殿堂。
当我用生命的琴弦奏响绕梁不绝天籁雅韵，
聆听时代渐近的脚步声。
当我看见改革的浪涛荡涤着每位勇者的心灵，
想起历史的精英精骛八极。
心游万仞，
我才真正体会到
油尖上的舞者“累并快乐着”的心灵境界。
春华秋实，
历史的车轮
印证了桩西人用智慧的合力迎接狂风暴雨来袭。
普通的我犹如浩瀚海洋里的一滴水，
却享受着整个大海的拥抱和宠爱，
我深信这是无上的大爱。
领航的勇士乘风破浪，展望前方，
那明亮的钻塔就是我们坚定的眼神。
我看到睿智的统将坚毅果断，
指点江山激扬文字，

于万水千山的岁月旋律中，
镌刻着桩西人自信饱满、昂扬矫健的步履身姿；
我看到低油价新冠疫情下，
党员干部的舍家忘我忠诚担当和埋头苦干敢于作为；
我看到一台台平稳运转的抽油机，一口口措施见效井，
油流在印证着桩西人的坚韧和智慧；
我看到在一次次抗洪抢险中，一个个铁打的不屈身板，
不停的汗珠落地有声，
高大的背影彰显着桩西人的信念和精神；
我看到小区环境的优美、文化广场的热闹，
生活质量的逐步提升在见证着油田改革发展的成绩。
于是，我看到了我的未来，
我坚信，我的选择是最能说服自己的选择！
感恩这个让人遐想的时代，
感谢让我们守望梦想的桩西！
勇者迎风飞翔追寻成功之光的身影，
是这个时代最明亮的风景。
谁知？展翅飞翔需要更大力量和勇气。
岁月蹉跎，人生漫漫，奉献着步履匆匆，
开路的先锋战士，
带领激情豪迈的我们颠覆生命稚弱，
勇敢前进！前进！

站在东经 118.50 度，北纬 37.43 度的那个男人

林月楼（胜利油田党校）

一盏　照亮黑夜的灯
一曲　挟裹寂寞的青春
一张　承载密码的构造图
一个　灼烧滚烫胸膛的黎明
石油，这本字典
他已日夜翻阅二十年

从小层平面图过渡到构造图
他一直那样痴迷　坦荡　从容
一团被孤独湮灭的风　不断翻涌
呼啸着身体血脉偾张
石油，这阕词
他已专心攻读二十年

从一个夜晚奔赴另一个夜晚
窗外的月光　铺展　起伏　绵长
他无畏一丝清冷　三分悲壮　四面苍凉
唯有信仰　从钢铁的身躯中发芽　生长
石油，这首古诗
他已日夜书写二十年

二十年很近　二十年不长
扑面而来的青春　辗转　蓬勃　跳荡
桌子上的那张井位图　早已写满黑色的曲谱
穿越万年的地层　驱动斑斓的乐章
石油，这首歌
他热爱　敬畏　膜拜
漫过春夏秋冬
将自己浇铸成一尊守望者

金秋油田颂

蔺娜（河口采油厂）

石化四十载耕耘，
胜利油田诗意浓。
黄土沃土诞生地，
勘探开发六十年。

石油涌现流光溢，
黑金之花绽春雷。
锐意进取铸辉煌，
国富民强荣无边。

忆传统，继往开来，
胜利精神历久存。
劳模工匠致敬礼，
辛勤劳动情义深。

强基固本铸世纪，
创新驱动赢未来。
技术飞跃涌春潮，
开启辉煌崭新篇。

奉献精神薪火传，
油田人民展宏图。
钻井采油冲锋陷，
烽火高燃砥砺初。

让我们携手同行，
抒发石油情怀深。
齐歌新时代华章，
胜利油田荣光金。

大漠的守望者

刘涵（河口采油厂）

“大漠孤烟直，长河落日圆。”
这里没有春风拂面，半阴半晴的惬意，
这里只有烈日寒冬，荒凉无际的孤寂。
但就是在这里，
坚守着一伙铮铮铁汉。
他们脚踩黄沙，头顶烈日。
那是顺北一道最亮丽的风景线。

红心向党，外闯故事动心房。
大漠风光，一行行红色的工衣在沙漠里留下开拓者的足迹。
苦干实干，一方土地探索石油，
恪尽职守，一代青年闯荡天地，
“三老四严”，一份传统永记心田。
他们不惧艰辛，用勤奋与拼搏装点人生，
他们眼中有光，用深情与热爱投入工作，
他们攻坚啃硬，用坚守与闯荡填满生活。
采油技术，携手传承石油薪火，
一腔热血，镌刻胜利新时代。
汗水挥洒，一起坚守油田精神，
扎根油田，点燃胜利熊熊圣火。
沧海桑田，唯我胜利石油人，
细数风采，提质创效在心中。
用平凡诠释奉献，
用坚守彰显初心。
铁人精神勿相忘，
石油精神永传承。

黄河从这里经过

刘红武（孤岛老年大学）

黄河，从这里经过，
遗落一串美丽的传说
海风　芦草　和空旷
曾经是
这里的风景
曾几度
春来秋去　花开叶落

何处飘落的种子
在泥土缝里落户
而今　已成枝繁叶茂，
秀木棵棵　累累硕果
蜜蜂在百花间奔忙
燕雀在杨柳中筑窝
汗水滋养的铁树林
年年在颂读着巍峨

黄河从这里经过
孕育了一个勇悍的部落
黑油管压平了宽厚的臂膀
铁板钳磨硬了粗茧的掌窝
烈性酒浸透了粗犷的歌喉
黄胶鞋踏破了雪地冰河

四十年的栉风沐雨
滋润了这方土地的山青水绿
苍龙吐金　金流如河
喜讯在牙缝里开花
笑容在酒窝里结果
油气产量　节节攀升
绿色发展　成就生态建设

四十年啊！石油铁人
筚路蓝缕　砥砺前行
初心如磐　一路高歌
但你的鼓点并没有停息
你的脚步仍那么有力执着

黄河从这里经过，
飘来一首强劲的歌
黄河水，给了我们相同的血脉根系
渤海潮，让我们的航程波澜壮阔
同属一方土　同饮一方水
同归一颗心　同是一家人
油地共建　共享　共赢
成就了我们的价值认同
同呼吸　共命运　心连心
聚合了我们的使命担当
共同的情缘　趣缘　血缘
凝成了我们的文化和情感依托

鼓槌擂响箭离弦
振臂齐声千帆过
听，那是我们音符和弦
铿锵有力的逐梦旋律
看，这里是我们足音齐整、
步履坚定、劲足家和！
黄河从这里经过
留下一首奋进之歌

风起芦花飞（外二首）

刘坚（孤岛采油厂）

在故乡的小路
我与他　擦肩而过
回眸的那一瞬
月光落在了心上

他的队部驻在村西头　我家住村东头
他能找到各种借口　借书　喝水　缝补衣物
坐在炕沿上不走　告诉我
他成天与石头打交道　一年四季在外跑
跟了他会常守空房
他问我怕吗
我说不怕

他离开时告诉我
第一朵芦花盛开　娶我
芦花漫野
一季又一季
我殷殷地盼着
一年又一年

路边的芦苇　像一位成熟待嫁的姑娘
羞答答　低目垂眉

秋一天一天深　心一瓣一瓣凋落
昨夜的泪滴
挂在清晨的芦尖上
茫茫原野
风起芦花飞……

飞翔的翅膀

对门老石油工人朱师傅的小孙子
推开门　探出一张稚嫩的脸
一边跑一边向认识的不认识的人问好

他大声问树上鸟儿好
问路边的花儿好
问花坛里的蝴蝶好
他所到之处银铃般的笑声落了一地

他展开双臂，迎着春风奔跑
像天空鹰的翅膀

老屋

儿时中秋
是母亲大铁锅烙的红糖芝麻馅的月饼
装满我少年的书包

远嫁是一张小小的邮票
字里行间都是思念和牵挂
成年是一张窄窄的车票
风尘仆仆
奔向家乡的一缕炊烟　一碗柴火小米粥

中年再回故乡
老屋荒草萋萋
一人高的蒿草淹没了母亲所有印记
柴门锈锁
我站在屋外
大声喊母亲
老屋静悄悄的
没人回应……

战孤东

刘景河（胜利油田退休职工）

1986 年的春天
孤东大地沸腾了
胜利人从四面八方
潮水般地涌向这片神奇的地方

大红门
石油人的热血染红
与共和国旗帜一样鲜亮
钢铁般的意志铸成
与钻井汉子一样威武雄壮

一棵树
遇见一棵树心中一团火
弯曲的树影含情脉脉
却透着石油人的性子
与荒原作伴，同风雪共舞
青春献石油，深情藏沃土

进了大红门就是孤东人
翻过孤东坝要说孤东话
远望一棵树奔向孤东去
一杆杆队旗迎风飘扬
一队队人马从这里
走进海滩奔赴井场
向着大地开钻向着胜利前进

井架林立钻机轰鸣
铁流滚滚尘土飞扬
五十五支钻井队就像五十五把钢刀
插进地球的胸膛
谁英雄谁好汉

孤东会战比比看

头顶一片蓝天
脚踏十里海滩
巍巍钻塔红旗漫卷云天
大吼一声开钻
大海腾浪地球颤抖

千军万马风雨兼程
钻井速度不可阻挡
一座座钻塔面向大海
拔地而起
一个个钢铁汉子
神采飞扬

新时代新梦想
能源，人类的命脉
能源的饭碗
必须端在自己手里
牢记总书记嘱托
多少激励多少感动
滚滚石油点燃梦的火焰
再创佳绩再立新功
胜利旗帜高高飘扬

看日出的他（外一首）

刘娜（海洋石油船舶中心）

天刚蒙蒙亮
淡淡的薄雾还没有散去
微凉的海风吹拂着桅杆上的红旗沙沙地响

凝望海天一线
睡眼惺忪的太阳挣脱了大海和白云的纠缠
奋力将金红色的光透过薄纱洒向海面

站在船舷边的你
舒展臂膀用力伸了一个懒腰
仿佛昨夜的疲惫就卸掉了一半

刚刚　你和兄弟们完成了 18 小时的长距离拖航
这次拖带难度大　挑战性高
但你们合理规划顺利拖带成功

想到这里
一股成就感油然而生
你的嘴角不自觉上翘了

几只海鸥在天空中追逐
迎着朝阳的逆光
它们的翅膀镶上了一圈儿金边

一边贪婪呼吸着新鲜的空气
一边把住栏杆闭上眼睛聆听海浪
你的思绪慢慢拉长

或许
你想到了那次浮吊拖带起抛锚作业
红衣战甲一出手　就知有没有
你们拖带浮吊 36 海里　起抛锚 12 口　作业守护 53 小时
行云流水　可真痛快

或许
是想到那次应急救援
一艘浮吊船出现断锚并向平台漂移
彼时海面浪高 4 米船舶横摇 30 度十分危急
你们艰难靠近找寻时机最终救助成功
那一刻的欣喜无以言表

或许
你想到了外闯市场的好兄弟
他们全力配合甲方施工得到高度赞誉
等休了班可得和他们好好聚一聚

或许
你想到了闺女围着你叽叽喳喳地讲述校园趣事
媳妇儿在厨房忙活正笑盈盈地喊你吃饭

“开饭了！王船长。”
耳畔突然传来大副的喊声
你睁开眼　一只海鸥振翅掠过
东方一片光照寰宇的灿烂

七月，等一场雨

七月
炽热的暑到处流浪
走在路上
仿佛身体装进了太阳
舀一碗清凉
滋润短暂的爽
我
在七月等一场雨
一场清凉的、激烈的、畅快的雨
我期盼这雨出现在海面
我期盼它去远方的船舶
我期盼它与厚重的甲板相遇
用它的纯洁和包容

浇透澎湃的热浪
和海风一起
敲打着他的舷窗
声音清脆
给他存一船舱的秋凉

暗与暗的延伸（组诗）

刘冉（临盘采油厂）

第四百只蝴蝶

我已无法感受自然的温度
我不能让自己的精神稳固
太阳灼伤了我
在脊背上描出痴迷的构图
龟裂的纹理
绵延向心房
数着动脉的每一次震颤
有四百只蝴蝶
飞舞，不断地飞舞
像是四百个优美的形容词
诠释眼里一切争议
小时候
老师说过蝴蝶是飓风的诱因
小伙伴们眼里
蝴蝶是自然创造的黄金
那个穿草鞋的老人
在我路过花丛时
邀请我拥抱四百只蝴蝶
邀请我埋葬
我最后一次路过时
继承了他的遗嘱
我拥有了四百只蝴蝶的生命
埋葬老人的花丛
在盛夏时节繁荣
我让四百只蝴蝶去探望他
西风微微刮向西方的云

那里没有老人的笑脸
我想接触大千世界的眼睑
并不是鲜花和钱
只让四百只蝴蝶活在我的生命里
不再从花间穿过街道
后来
我到老人墓碑前
想要为他立上雕像
模仿他的身形去陪伴
四百只蝴蝶
而后再把草种在
他的脚下
此时此刻
被雕刻的是我自己
我不能像以前一样左手拖着蝴蝶
右手拿着笔画更美的蝴蝶
我在夜晚饮酒
将眼前的一切灌入童话堆积的腹中
在朦胧里更朦胧一些
从哪里来便到哪里睡去
我不丢弃酒瓶
因为夜晚还有四百只蝴蝶的梦乡
浑然不觉的时候
我已和厚土成为兄弟
就是花丛的厚土、雕像下的厚土
我最后的眼泪是梦中将蝴蝶放走
四百只
彻彻底底
从葡萄紫到夜光红
生动鲜亮，惊梦骤醒
把梦变为现实吧
在我还可以打开天窗的手中
一、二、三……三百九十九
第四百只蝴蝶是黑色的

硕大的双翅遮满了所有视线
它离我越来越遥远
窗外又是另一种遥远
我忘记了那个让我继承蝴蝶的老人
忘记了花和草
我还有最后一点力气
“美丽要和衰老一同殉葬……”

守夜人

不知道黑夜有多长
何时才能看见黎明的光芒
守夜人从一个夜里醒来
刚才的梦中也是四下漆黑
醒于睡梦，昏醉于秒表每次跳动
守夜人正在守着时间
从青年到暮年
守了一辈子
守过工厂
守过麦堆
现在他守一座墓碑
他不认为天是蓝色
大地也并非姹紫嫣红
他喜欢夜色，从而屈服
蝉鸣了很久，守夜人知心的朋友
谁能看遍一年四时凌晨的风景
哪里的花草裹着同样的月光？
守夜人心里黑夜是生活的全部
他可以孤独地幻想
惆怅时不停踱步
等到东方泛起光晕，守夜人的目光
开始微微低沉
是时候了，睡吧，闭上眼，收起黑色的孤独
太阳渐升，守夜人慢慢昏沉
所有的事物即将回归本有的颜色

守夜人靠在墓碑上，断了知觉

刺客的天空

故乡的郊外有多少株荒草
离家的人就留下多少滴眼泪
今夜月光铿亮
刺客腰间的匕首模仿月光的身段
是吧，这最像故乡的夜晚
他手中母亲的名字早已不再流血
曾经也有这样一个夜晚
他想起了母亲和自己的乳名
刺客离家的时候
父亲已不再是刺客
他捕鱼、生火、烹制美味
用手轻柔地搂着母亲的腰肋
曾经还有这样一个夜晚
他怨恨父亲
狠狠将袖上刺客名字的布片碾轧
他不愿提及故乡
因为这里信守刺客的信条
他的童年是母亲
火炉前的缝缝补补
是母亲
包裹着他的小手画鼹鼠
他不情愿地当了刺客
抛弃了童年图画中每一处风景
用父亲给的匕首
刻下母亲的名字
在手心
离家时父亲交给他一串暗器
说，刺客的天空应该带着血
这个夜晚，他始终在流泪
第一次任务
暗器不得已杀死一只狗

听见有人吼，搂着两个妓女
顿时耳畔充满父亲的话语
艺术般的夜曲
四野昏暗
刺客掉下了眼泪
多少年过去了，刺客的名字
和血，月下的夜色
水乳交融
刺客的生活中有黄金，有
刺客的父亲还有刺客的母亲
和被刺杀的回忆
忽然，风急促
刺客接到了一个任务
就在这样的夜晚
对着这样的天空
用暗器打伤一名刺客全部的历史

油花铸新时代石油之魂

刘淑芳（纯梁采油厂）

五月海洋般辽阔的金色麦浪里
抽油机在那里舞动
岂止是五月，又岂止是麦浪
你看
一座座抽油机在田埂上、滩涂、戈壁，在沙漠拔地而起
风吹而来，散发着石油之花的味道
仔细一品，那是岁月的味道
那黑色的琼浆铸就新时代石油之魂
流淌在石油人的胸膛里、血液里
春天的光，夏日的雨，秋季的风，隆冬的霜都为他们浓妆淡抹
春色新，促人振奋；
夏色暖，教人舒坦，
秋色金，令人欢欣；
冬色凝，使人坚定。
我爱上了这片盛开石油之花的土地
一座座抽油机像极了茂密森林里的树
我爱上了这片盛开石油之花的土地
根深蒂固扎在泥土中，绝不动摇
枝叶伸向天空，吸取光热
拼命地要在痛苦和摧残中茁壮
象征着胜利石油人智慧的高度

创 业

刘树立（注汽技术服务中心）

苍凉的大地
检阅着它的部队
洁白清香的花
让一切充满诗意
美丽的银河
呵护着它的子民
遥不可及的星让一切充满神秘
一颗流星划过天际
他们来了
只为这荒原深处的黑色精灵战斗
直到胜利
花儿飘零
星河暗淡

石油人散章（外一首）

刘同军（黄河钻井）

一

石油在地下隐藏
我们在大地上流浪

把一生装进了行囊
走吧，我们要去远方

举着红旗，我们走到了远方
跟随我们的，是太阳、月亮
还有风雪中的铁皮房

而那只跟丢了的小黄狗呢
我们还时常说起它的模样
仿佛还在孤单地向我们张望

二

石油人的生活是单调的
但工作却很繁忙

天黑了，灯光照着井场
一块很狭小的地方
但夜晚很长

钻井机器在空荡荡地响
几点了？有人在低声地问
那时，遥远的天边已经出现了曙光

三

很多年了
很多事情都已经遗忘

石油人的一生，其实很紧张
匆匆忙忙地，从荒原
赶到沙漠，又到了海洋

像苦行僧一样
石油人啊，你们用肉体的痛
掩盖了心里的伤

四

追逐着黑石油流浪
你们这些成群结队的茨冈
饱尝了人世间的苍凉

但也心醉神迷地
看到了石油涅槃的模样——

热烈奔放，像红旗在飘扬
放射着迷人的光芒
灿烂而又辉煌……

大风

你说你喜欢大风，
在大风中，你会让自己忘了自己
忘了心中的痛

是啊，哪个石油人不喜欢大风呢？
在旷野里，在那呼啸的大风中
那么多的面孔，如葵花般晃动

大风在天地之间奔腾
像是在追赶一个梦

一个永远不会醒来的梦

在大风中，万吨钢铁在跋涉
而青春与热血，如影随形
如影随形的，还有那沉默的痴情

追梦人啊！追梦人
追逐那甜蜜的
黑沉沉的梦，是你的一生

又起风了，看吧
那一面面旗帜在汹涌
多么鲜红！

秋天里

刘小玲（油气集输总厂）

听

沙沙沙，是风吹落树叶的声音
淅沥沥，是雨洒落大地的声音
是秋天的脚步
只有秋天的风吹得那般小心翼翼，似乎顾虑着什么
只有秋天的雨下得这般百转回肠，似乎在倾诉着什么
秋天来了，迈着轻盈的脚步姗姗来迟
也许她是怕自己的到来惊扰了春天的美好
或是给多愁善感的人平添几多伤感
如果把春天比作一位情窦初开的少女
夏天比作一个顽皮的孩子
冬天比作一位历经沧桑的老人
那么秋天就像是一位善解人意的爱人

看

远远的有一团红色在晃动
是谁闻到了秋天的气息，最先醒来迎接秋的到来
走近了
是勤劳的红衣天使在清扫着昨夜秋风、秋雨带来的满地落叶
唰——唰——唰，扫帚不断触碰落叶发出美妙的和声
一阵秋风袭来，吹散了聚拢的落叶
红衣人只好重新扫起
一袋，两袋，三袋，十袋……二十袋……
我仿佛看到了秋姑娘抱歉的神情
突然明白了秋风的顾虑

干净的广场看不到秋天的痕迹
仿佛秋风未曾经过这里
熙熙攘攘的人群打破了清晨的宁静
红衣人消失在秋天里

不忘老石油

孟娟（老年管理中心）

我要把石油谱成曲
期待它不断延绵成江河
你把事业凝炼成诗
像鲜花一样绽放蓝天

如果蓬勃的春色
似那束永恒的绿
生命的热烈是那一抹夺目的红
胜利的老石油就是
我眼中顶天立地的英雄汉

暴风骤雨浇不灭信仰
钻塔压不弯铮铮铁肩
创业者昂起不屈的脊梁
血与汗挥洒出银河闪闪
只有辛勤播撒种子
才会催生黄河口一片璀璨

高耸的井架上
有前辈沉甸甸的责任
坚固的钻头里
嵌有他们报效祖国的赤胆
曾经茫茫的盐碱滩啊
夺油的凯歌在这里高奏
恍惚一夜之间
繁花似锦，高楼林立
胜利的歌声响彻黄河两岸

不言儿女情长
放弃惬意悠闲
休要说千难万险

放飞内心的梦幻
油地携手绘宏图
共同编织锦绣家园

为了“家”的幸福
一代代胜利人传承石油精神
抢产量，战疫情
开创幸福的明天

新征程上
我们会怀揣神圣使命
踏着前辈的足迹
奋斗不息，初心如磐

远航（外一首）

聂洪利（油气井下作业中心）

蓝天，白云
青山，绿水
鸟儿嬉戏
鱼儿畅游
牧人怡然
原野，秋实累累
处处舒展美丽中国画卷

励精图治
一心为民
去腐出新
愿景，收获满满
时时领航人民创造美好生活

如一盏明灯
似苍穹皓月
万众瞩目间谱写璀璨华章
乘玉宇飞舟翱翔九天
十万里征途
只要前行一定到达

陌

留下吧
这里有你丢不下的割舍
说这话的时候
我没有牵你的手
可眼睛里的执着
你懂
不需要解释

你说

不走了
走不了了
现实的熟知和未来的憧憬
煎熬着魂
而魂
已经迁不出脚下的热土

陌
是荒原的径
是石油的脉
这一留
你奔走了三十年
把最美的青春填埋在
千米之下的油藏

那飘然的长发
永不变色的红工衣
在四季的轮回中
往复
雨时足坑落雪长痕
从未遗落
孤井落日只影

快乐
从未离开你的翘唇
值
是你最深奥的释义
走着
走吧
还是那抹飘逸的红

站在陌上
总归还是要离开了
凝目
影影绰绰一串的红
那笑
浅吟低唱声声如歌
一如风雨无阻前行

秋韵（外二首）

聂丽英（孤岛采油厂）

麦穗黄黄，十里戎装，微风相送，稻谷飘香。
麦穗黄黄，绿衣锦囊，邻村嫁女，菱镜红妆。
麦穗黄黄，春日抽芒，布衣耕种，肩担货郎。
麦穗黄黄，十里八乡，山野沟坡，草木皆妆。
麦穗黄黄，彝人盛装，迎风招展，丰收在望。
麦穗黄黄，根土须旺，大地耘籽，莲子正当。
麦穗黄黄，秋虫正忙，梨园昆曲，字正圆腔。
麦穗黄黄，秀目圆张，大江南北，剑拔弓张。
麦穗黄黄，黄河长江，三山五岳，瓜果飘香。
麦穗黄黄，籽粒饱胀，黎民拍手，百姓叙常。
麦穗黄黄，春种夏忙，躬耕犁地，来日方长。
麦穗黄黄，溪渠流淌，枯树铜铃，钟声震响。
麦穗黄黄，游子思乡，天涯海角，相思断肠。
麦穗黄黄，天地粮仓，童子嬉戏，欢笑九堂。
麦穗黄黄，书声朗朗，算珠起落，源远流长。
麦穗黄黄，一地金黄，簪发入顶，邻家姑娘。
麦穗黄黄，风中正扬，大鹏展翅，风尘吸张。
麦穗黄黄，随风摇荡，莺歌燕舞，国泰民强。
麦穗黄黄，晨起露霜，晨钟惊鸟，日落西方。
麦穗黄黄，长矛盾枪，英俊少年，风流倜傥。
麦穗黄黄，琴音鸣唱，高山流水，叮咚作响。
麦穗黄黄，前屋后场，庭院深深，痴尺画廊。
麦穗黄黄，征途在上，劈山救母，千古传唱。
麦穗黄黄，子嗣满仓，战鼓雷鸣，红旗飘扬。
麦穗黄黄，取经玄奘，烽火连天，诸侯列强。
麦穗黄黄，长城孟姜，三天三夜，笔墨纸张。
麦穗黄黄，说学逗唱，轻步慢踱，诗词远方。

月吟

中秋圆月夜，桂花酒一樽，
明月故乡远，天涯同一轮。
举头苍山劲，低头莽昆仑，
杯盘狼藉案，红烛映孤屯。
三更梆鼓传，五更更夫闻，
惆怅失落忆，诗词小醉论。

月思

叶黄黄，草长长，
无边思绪漫帘窗，
飞雁远去忙。
思怅怅，意惘惘，
遥遥夜空空彷徨，
故乡秋已凉。
日年年，月往往，
圆月对镜空悲伤，
相思伴月光。
吟低低，月望望，
盈盈泪珠珠帕上，
月儿明心伤？

遍地盛开石油花（组诗）

齐鲁明（东胜公司）

石油之城

毕业后，当我来到这里
眼中是遍地的苇丛
还有一望无际的盐碱地
这样自己略感失望
现实距离梦想
存在着巨大的落差
就像那地下深处
要来到地面的黑石油
这样，也好
从无到有，才有更大的成就感
你看，那一座座耸立的钻塔
你看，那一座座不知疲倦的抽油机
虽然始终沉默不语
它们却在每天每夜的重复
和坚持中，将自己
立成了无畏的钢铁勇士
风在吹动我年轻的黑发
我将和它们一起
参与到轰轰烈烈的战斗中
为了胜利，为了辉煌
如今，多年过去
白发和皱纹
已成为岁月里的勋章
我跟随着石油大军
在胜利的疆场上
一起坚持着冲锋陷阵

钻塔和抽油机
还是从前勇士的模样
一座座高楼大厦
像疯长的苇丛
生长在了大地上
一座座公园
让热衷劳动的人得到休整
无数的霓虹灯
将我们通向胜利的道路
一再照耀
因为石油
一座石油之城
在不觉间，替代了
当初那让我略感失望的荒野

石油花

在胜利油田
在不断扩大的黄河入海口
最初我见到的花朵
只有芦花、荻花和不知名的野花
那时，我们还没有时间
去种下桃花、杏花、海棠
以及酒杯般的玉兰
我们石油人的心中
始终藏着一朵朵黑莲花
它们在地宫深处孕育
我们需要立起参天的井架
我们需要在钻头引领下
为它们铺下钢铁的花茎
我们需要用采油树的阀门
控制它们花开的季节
我们需要在那庄严的时刻
备下期待的目光和呼唤声
当它们喷涌的那一刻

当它们以火焰的形状绽放
这样关于富贵、光明和温暖的花朵
就盛开在了祖国的大地上

每一名石油工人都是诗人

大地，为我们孕育了黑石油
在胜利油田，有四十万寻找石油的大军
为了遇见石油
他们要走遍荒野、滩涂、城区
他们要在茫茫大海上安营扎寨
为了寻找更多的能源
他们要在祖国的领土上
翻山越岭，南征北战
他们要让红色的旗帜
在茫茫沙漠、戈壁和高山上
一再猎猎作响
他们要与孤独和夜晚共处
他们要面对所有的狂风暴雨和大雪
他们要在沉默中
用不断俯下的腰身
在大地上，蘸着汗水
书写关于黑色的文字
而这样的一笔一画
都有着令地球抖三抖的力量
他们心中的远方和诗歌
就是那祖国和人民
一再牵肠挂肚的，黑石油

潮头放歌，双碳先行

齐伟（注汽技术服务中心）

沐浴在百年建党伟业的春风里
绽放着喜迎二十大笑容
满怀着，展望着，期盼着，憧憬着……
百年胜利再创辉煌
央企老字号新活力寻找光明
求新求变才是王道
墨守成规势必作茧自缚
转职能、转方式、转作风
创先、创新、创一流。
三转三创的号角掷地有声
改革转型的意志一呼百应
专业的人办专业的事
注汽人就只干注汽的事
蒸汽，氮气，二氧化碳气
三驾马车
轻装上阵我们砥砺前行
挂牌揭幕有了注汽技术服务中心
二氧化碳项目部随之应运而生
主席的“双碳”目标明确了方向
控制碳排放，
实现碳中和碳达峰！
绿色发展是宏图大志
循环利用才能长久前行！
二氧化碳捕集封存和利用，
变废为宝　这事能成！
迎着朝阳探索寻找
身披晚霞摸索前行
为了实现双碳梦想
哪怕磨破双脚

哪怕头破血流
我们是绿色低碳先行者
无畏先锋“碳达人”
默默付出终有报
实现双碳变双赢
东营港　滩涂潮头立旗帜
高青腹地　扳倒井边论碳峰
签订 CCUS 大项目
全国首创第一名
绿头车，快快行
连接石化与高青
液碳源源注地下
唤醒油龙出地层；
搭上页岩油的早班车
给压裂前置做疏通，
一段段
一层层
地缝扩张带疏导，
协助加沙做支撑，
增压增产效果好，
捷报频传扬美名。
迎来主席的探望
暖暖期望记心中
端牢能源的饭碗
不忘初心再创高峰

石油精神永传承

卿厚基（油气集输总厂）

公元 1952 年春天，毛泽东签发主席令
解放军 19 军 57 师，改编成“石油第一师”
他们脱下军装换工装，成为中国石油建设的钢铁脊梁。

一群群新中国的石油工人，千万个王进喜，千万个铁人
齐刷刷地
站成钻塔，屹立在茫茫荒原上。

那是一个艰苦创业的年代，
那是一个热血青春的年代。
有条件上，没有条件创造条件也要上！
不怕艰苦，不怕牺牲，要为祖国献石油，
是每位石油人崇高的理想和追求！

一座座钻塔，矗立在黄河入海口，
党旗上的铁锤，宁折不弯的钻机，
直抵大地深处，穿透层层封锁与阻挡。
一口口油井，金子般的
洒在荒原上，
让埋藏地下的黑金见到了阳光。
一条条管线，铺满油区，
滚滚油流逐着浪、唱着歌，
把胜利原油输向祖国四面八方。

一栋栋高楼，一片片绿色；
一所所院校，一处处广场；
一代代石油人笑在脸上，幸福在心上，
啊！一个美丽的石油城，诞生在你们的手上。

六十年的风风雨雨，
当年的您，早已鬓发染霜。
依然怀念那激情燃烧的岁月，

把那段创业的日子，
视为宝贵的财富和无上的荣光。

今天的您，虽已步履蹒跚，
但依然深入基层井站、走遍施工现场，
献言献策为油田拓土开疆，
用诗、用画、用歌，把胜利精神光大发扬。

今天的您，依然关心新一代石油人，
把“三老”“四严”的光荣传统和“总书记的殷殷嘱托”
言传身教，伴随我们茁壮成长。

放心吧，老石油，
前进发展的道路上，镌刻下
你们从创业走向创新的胜利诗行。

放心吧，老石油，
新时代的我们，风帆正举，
向着胜利的前方乘风破浪！

油田日常微妙的时光（组诗）

任厚毅（石油工程技术研究院）

恋曲 1990

从超市买了面包、香蕉、梨和鸡蛋
一路提着
快到家时才发现
我把超市里正在放的
恋曲 1990
也带回来了

穿衣镜和体重秤

一早忙乱之后
家里一下子空了
穿衣镜
顾影自怜
体重秤
如释重负

瞎子你哭了

收到一个同事
发来的工作材料
想回复收到辛苦了
没想到一忙
打出来的是
瞎子你哭了

汤锅里的小米粥

沸腾着很开心

突然，小半碗凉水加了进来
它愣住了
不明白为何有如此冷遇
但很快
它就想通了
又开心沸腾起来

回话

她在跟我说话时
肚子叫了一声
她试图掩盖
但我听得分明
我的肚子也会叫
这是一种
肠胃特征
此时我最担心的是
我的肚子回话了

滚烫

早晨 6 点零 6 分
外面还很黑
坐在出租屋客厅里
没有什么事了
我在等饭凉下来
一碗馄饨
当它凉到 6 点 20 分左右
孩子洗漱收拾完
正好吃
而凉这种事
不用我亲自去做

委屈的红圆萝卜

一个大红圆萝卜

切了一小半
就此被搁置在厨房窗台
有一周了
现在我看着
切面上它
委屈的脸
只好再切去
一些
给它换上
一张新脸

急

周末超市人很多
我上二楼买菜
拿起一种
马上打价
拿起一种
马上打价
之所以不全选好
是因为没有
那么多时间
每次打价
前面总有两三个人
每次我都
安静地等
没有人能看到
我心里有个大大的
急

四不像

洗完澡
长时间盯着镜子里
我的裸体

由于没有穿衣服
似乎一种叫作
尊严的东西没了
由于人到中年
还有一种叫作
帅的东西没了
由于胸前略微膨胀
甚至连性别也模糊了
由于小肚子过分凸显
甚至人与动物的界限
也混沌了

伞别

楼下人行道上
三把伞在聊天
一把淡黄色
一把浅粉色
一把灰色条纹
其中灰色条纹
不时旋转着
旋成一朵花
一会儿后
灰色花向西边小径移动
那是块菜地
淡黄色和浅粉色
也跟进去
后来
它们都出来了
其中淡黄色
还把自己
收了起来
又聊了一会儿
浅粉色向北
灰色条纹和淡黄色向南

伞别了

喊

2018 年最后一个下午
吃过了晚饭
天已经黑了
窗帘也拉上了
我坐在书房
听到外面有人在喊
是一个女人
喊向一个男人
喊的什么听不清
回的声音更远
有一度我以为
发生了什么甚至是
吵架
产生了从电脑椅上
起身走到窗前
往下看看的想法
无来由觉得
这个细节很可能会进入
很多年后我的回忆

写一首好诗需要几个人

据说做一道好色拉需要四个人
一个挥霍无度的人倒油
一个惜财如命的人放醋
一个老谋深算的人撒盐
一个歇斯底里的疯子搅拌

石油蝴蝶（组诗）

任真（孤岛采油厂）

孤东一棵树

在荒原深处，一条河深埋着火
一棵树。晚霞收拢彩色丝线
深扎的根须在咸涩的岁月里
卷曲。拽紧风雪浸润的年轮

更远处是许多从石油人脊背上
生长出的钢铁翅膀，和许多
弯曲焊接在一起的钢铁血管
它们都是根须的一小部分

诗朗诵：方华

扫码收听音频

花儿

从没有树的石油大漠
回到故乡的人
喜欢看阳光透过云层
打亮树叶的边缘
打到一棵树的干上
扭曲的伤疤在闪烁
他的心放下了
热爱一朵银河样子的花

孤岛镇的花海

俯拍金鸡菊
仰拍天日菊
平拍小雏菊
漫步在花海里

你当着上帝、蚂蚁和人

一架架钢铁的抽油机
在不远处前后错落
是一些生长在太阳河上的花朵

后窗

那天傍晚她要走了
我站在后窗望着背影
深秋弥漫淡淡的雾气
挡着了时光和梦境

后来搬了许多次家
后窗有荒原和抽油机
也有了霓虹灯和车流
更有月亮和广阔的深黑

我现在还是喜欢站在后窗
能看到世界的另一个面

三十年前的一场暴雨

一场夏天的暴雨
把工鞋灌满泥浆
我是作业 208 队技术员
在井上带班
雨敲打着安全帽
砰砰响着
脸上还没有雨水
保护着眼睛里的小火焰

周末小记

石油父亲在韭菜地里拔草
母亲在摘豆角
石油儿子在浇水

清亮的时光顺着根系
抵达西红柿的花朵

是啊，多么安宁
父亲八十四岁
母亲八十岁
我五十七岁

天上的云好久没有移动

时光是雾状的

记得三十年前
坐在值班房的门口
银河在头顶上悬挂
井场的灯光里
大片大片的苇絮
捧着晶莹的露珠

现在走在锦华公园的
木栈道上
东一路的车流喧嚣
湖边的苇絮上
有一层薄薄的光雾
我身上也有

春天，粉刷抽油机

又是春天了
我们粉刷抽油机
把斑驳的岁月
藏进太阳的一抹红里
生锈的螺丝敲松卸下
打一层营养的黄油
加上采油工人的时光
用力拧紧

绿草擎着白的红的花
春风把它们抚摸一遍
把淡的芬芳揉搓了一遍
在抽油机的钢铁缝隙里
在采油工有些斑白的发丝间
轻轻轻轻地又抚摸了一遍

夏雨潇潇又砰砰

周末傍晚
油田老队长
七十多岁的兄长
喊喝酒

下午天凉爽了些
云叠出岁月的地层

菜是家常菜
酒是马场酒
雨幕交织出遮挡

雨水在菜园的地上
点破各种水泡
生锈的板房砰砰响着

雨爱怎么下怎么下
灯越来越亮了

石油小站

一切都是慢的
窗前苇子摇着去年的灰絮
逝去的就是留下的
抽油机的歌谣有一点唠叨

一切都是快的
秋雨一停白雪就降临了
身前就是身后的

种菜的老石油已离世一年

苇上的麻雀从来也没有离去
一切都是快的也是慢的
鬓角的雪覆盖到了头顶
一切都是慢的也是快的

时光的铁马

在石油小站中行走
突然想到了一个问题：
这三十五年来，
你见过多少机型的抽油机？

人的一生
抵达不了太多的地方
时光的铁马
却在悄悄地更换

五公里的圆和寂寞

采油小站里的灯
被我关了
玻璃上是院子里
三米以上擎着的那盏灯
投射到眼眸中
一些斑斓的光点
一团荡漾的光
一封投到地板上的信

五公里有多远
高擎着的梦
抵抗多少寂寞的
黑和遥望
风雨雪霜吆
五公里的远和曾经
摞起来多么厚
融化了是多少方野水

北方的知了（组诗）

沈顺万（临盘采油厂）

北方的知了

叫声比南方雀儿凶
个子那么小，模样那么黑
声带却宽得令人瞠目
北方听蝉，南方观鸟

在夏日的枝头上
时光短促得像根针
我想将破碎的灵魂
缝合得天衣无缝

轰鸣四起
热浪是你身披的袈裟
我被起伏的声浪托举半空
随即又抛入地下

在南方
几粒鸟鸣
戳破黎明前的梦境
听出不同性别的鸟儿
在为一桩家事争论

用声音摩擦空气
能感觉我微微的颤动
鸟鸣翻捡多年的旧事
像一朵不知
漂泊在何处的云

有风的日子
梨花都开向同一方向

你问我的归期
大雁恰好收拢双翅

从一枚海螺里，我听到石油的喧响

黄河口的芦笋
在春风中搅动往事
我伫立岸边，倾听
亲爱的钻塔讲述
一枚海螺怎样吹响
大海的涛声

在海边打井
桔红色的工装，围在
旋转的钻挺周围，正
移动吊卡，让时间流汗
用扶住刹把的手唤醒石油
这时，飞鸟的低语掠过天空
落在钻工的肩头，像刮过
一小瓣春风

他们与岩层私交很深
日夜与地球密语
在深入地下四公里的地方
用六个月的时间丈量初心

当芦苇长矛在手的秋天
再次莅临这里
我会动用一个大海的浩瀚
迎接一场风暴的降生

在海边

海游过我的左边
鱼游过我的右边
总有一两朵浪花，打湿
掉进海里的云朵

鱼儿在水底，忘记
阳光的颜色，不用
躲避暴雨的击打

我要在人间躲避
谣言、猜忌和时间
丢弃的尘埃
在海边，我一直
不敢直视它的蓝

大海隐瞒一场台风
仿佛鱼虾隐瞒了一段婚史

我们（组诗）

石兵（临盘采油厂）

一

你说
拧紧“方”的扳手是我们
转动“圆”的管钳是我们
唱着无字歌的钻机是我们
彻夜不眠的荒原是我们

还有
穿过胸膛的风是我们
扑打脸庞的土是我们
头顶的几粒星辰是我们
脚下的一丛青草是我们

二

你说
铁与铁碰撞出我们
血与汗汇聚出我们
红色的工衣刻画出我们
黑色的石油流淌出我们

还有
响亮的号子唱出了我们
沉默的目光定格了我们
一滴露珠倒映出我们
一朵野花绽放出我们

三

留在荒原的我们
停不下来的我们
天圆地方，终其一生
我们
在过去和未来流浪
来来去去
缄默不语

共享孤独
分享暖
把胸口的石头焐热
摊开
沿着纹理
细数那些暗藏的火
那些灼热，狂野，平静
那些跳跃，朴素，简约

四

我们
与一群三叶虫对视
那是亿万年前的我们
凝望未曾谋面的自己

一大片星空垂下来
一只三叶虫飞起
我们
闭上眼睛

三叶虫振动翅膀
振动我们的心
我们的字典里
没有你们
只有
我们

五

静下来
会听到更多的声音
看到更多的河流
穿过更多的戈壁
爱上更多的岩石

你说
我们没有去向
时光凝固
天空有多高
大地就有多深

我们打下的油井
距离天空
有一个大地的高度

六

大地是天空的倒影
我们没有影子
我们
在天地之间
打一口井

天空流出白色的云
大地淌出黑色的石油
白云是我们
石油也是我们

我们，在家之外的祖国奔走（组诗）

铄城（电力分公司）

石油和石油人

我们，在家之外的
祖国，奔走
跟着石油神秘的足迹
身上的工衣，是国旗的颜色
并排开来，就是辽阔的国土

白天，阳光在熨烫着金色的符文
滴穿岁月的汗水
将抵达大地的深处
为石油指引光明的路径

工衣上留下的汗渍
铺展开来，将是一场
比盐碱地还要辽阔的雪

夜晚，星群是亲人的望眼欲穿
月亮，一再向我们展示
远隔着天涯团圆的形状

我们，效仿石油的火焰
燃起篝火
并深信，每一个困住我们的黑夜
都将被燃烧成新的黎明

最深的黑夜
是勇士们的夜行衣
孤独，在我们吞下的烈酒
和风沙中转场

所有的入睡

都将和亿万年前的石油
一起醒来

石油，或永生

从杠杠服
到闪着月光条的红工衣
从人拉肩扛的会战
到如今全自动化的井场
在石油铁打的营盘上
石油人，是遍地倔强的野草

野火啊，尤其来自近万米深的地火
就尽情燃烧吧
在一群无所畏惧的人面前

钻塔、石油树和钢铁编织的输油网
依然在祖国的山河上
展示我们的钢筋和铁骨

即使是死亡，也无须忌讳
终有一天，当子孙们
再次撬动地层
我们会以石油的样子，相见
因为，永生一直都在

诗朗诵：宋宗周

扫码收听音频

石油赋

燃烧的特质，始于对黑暗的不信任
面对光明，万物都渴望着飞翔
何况你在亿万年中压抑的奔涌之心

山河辽阔，造物主在我们相遇的途中
埋下了巨人的伏笔
高山、大海、荒野和沙漠
星辰可以计算出我们寻找的脚步

钻头和钻杆破开的路径

让遮蔽已久的芬芳暴露你的踪迹
夕阳和月亮即将擦肩而过
所有的相遇都带着旷世之美

当你喷溅到我们的脸上、身上
当你在大地上再次绽放出黑色的花瓣
你看那微笑，因古老有了新意

你看那用来劳动的身躯
在疲惫中也可以跳出粗犷的舞姿
你看啊，这今天
就是我们要继续奔赴的星辰大海

石油人的眼中

在石油人的眼中
昼夜间匀速旋转的是：
太阳、月亮和抽油机

在石油人的眼中
大地就是最好的琴弦
我们用石油，弹奏着命运的交响曲

黑与白

黑色的，是石油
是夜晚中的孤独

白色的，是月光、芦花、盐碱和雪
以及石油人青丝换成的白发

孤东大堤颂

宋守仁（孤东采油厂）

筑堤建油田

一九八五年，浅海油勘探。
开发新油系，夺油新方案。
孤东大会战，筑堤建油田。
万人战海滩，潮落涛声远。
海上信天游，喝令潮水断。
石油筑堤人，滩涂走泥丸。
迎战风暴潮，鼎立挽狂澜。
蛟龙横沧海，阻断浪回旋。
堤内搏油龙，堤外击海川。
当代新愚公，千万石油汉。
洪荒胜利人，励志作奉献。
孤东创业史，石油人典范。

壮观孤东堤

巍巍海堤线，坚固似龙盘。
潮起潮落在，护卫油家园。
为井奏华章，为油谱诗篇。
惊涛何所惧，镇守最前沿。
登堤揽四海，海连天一线。
渔翁踏浪去，鸥雁逐浪翻。
黄蓝入海流，风帆舞蹁跹。
海晨尽朝晖，彩霞红满天。
壮观孤东堤，美丽风景线。
游客慕名来，留影作纪念。
一座丰功碑，崇立天地间。
泱泱碑文志，流芳后人赞！

夏日

宋勇（临盘采油厂）

一串布谷鸟突然的“咕咕”声是从哪儿传来的……
仿佛孤独的悬疑冒着夏日神秘光斑的滋味……随即
坠入不可预知的方位，失去旅途……世界葱茏，在那儿，
所有坚定的绿肯定源于深信不疑的爱……在那儿，
广阔的黄色麦香中，众神闪烁的眼神，
渗漏清香的甜蜜也滴落死亡的迷离……此刻，
霞光热烈的红从胸口漫延、奔腾，
安居深处的魂灵，
“是否从来都是只安于自己内心的佛……”此刻，
只有一只只扇动着彩色羽翼的蝴蝶，用魔幻的音符，
打开了它们内心所有的栅栏……当天空熄灭，
总会有很多无形的隐秘在寂静中悄悄升起……
总会有很多悄无声息的人事在行进中慢慢远离了自身……
“不管爱与不爱，她们都在……”此刻，
我们在夜晚的乡下，一抬头，
就能畅快地呼吸幽深的蓝色，热切的舌尖上，
总会有甜甜的滋味——来自那棵茂盛的石榴树上，
整个夏日猩红色味道的窃窃私语……一抬头，
总会有恰好的安宁，恰好的风声，月色和星火……此刻，
我们身边布满了晃动着的阴影、光斑，整个夜晚，
我们倾听着她们一次一次进入彼此身体中的甜蜜：
这些亲切、干净的小精灵啊，“无论辉煌或卑微，
仿佛都是我们曾经的蹉跎和恍惚……”今夜，
又一次一次历经了我们……相信她们，
“不管是否从未想起，抑或早已遗忘……”

邂逅华八井

宋勇（纯梁采油厂）

你，静立在城市中央，
庄严，安详，如睿智的老人
投来深邃凝重的目光
仿佛随时都可以穿透
都市繁华与喧嚣遮盖了的沧桑。
我肃立在你的脚下，
凝视那简约的文字和深沉的符号
感受穿越历史奔腾而来的华章
在记忆里回望载入史册的辉煌。
微风轻拂，悄悄吹开一角帷幕
一首会战之歌跨越时空
在历史的长河里静静流淌
河之岸，海之滨，旗帜下，
千万优秀儿女前赴后继
汇成石油大军战洪荒。
1961 年，4 月 16 日，8.1 吨的工业油流……
你用数字镌刻了一座历史丰碑
从胜利走向胜利的号角自此吹响
60 年弹指一挥
林立的高楼一如昔日的芦苇
躁动的汽车喇叭替换了劳动号子
现代化的城市里再也找不到曾经的荒芜
只有敬立在你面前，
流泪的汉子们唱起《石油工人之歌》依然雄厚高亢
涌动的石油红
镌刻住所有胜利人的永志不忘

从一座楼房上眺望（外一首）

孙宝华（经纬公司胜利地质录井公司）

风吹大河
芦苇黄了又青，青了又黄
车过华八井
有人走入纪念碑
有人沿着一滴石油的足迹来到碑旁

油田一隅
居民小区一座楼房四楼阳台上

1961 年的风迎面吹来
吹过松辽平原、华北大平原
吹着渤海、东海和南海
吹着长满原野的钻塔、采油树
吹着稻花、麦浪、广厦、高铁、火箭和轮船

诗朗诵：邵大川

扫码收听音频

墙

从前，这儿没有墙
整座荒原都是风的
想怎么奔跑就怎么奔跑
想怎么飞扬就怎么飞扬

从前，这儿是白花花的盐碱滩
降雨水汪汪，下雪白茫茫
秋日，碱蓬织起遍地红毯
风中，芦花摇着一轮夕阳

正值盛夏。居民小区人工湖里
睡莲美目轻阖
蛙鼓彻夜敲响
蒲草和苇叶托举着水珠里的月亮

墙外，一台抽油机近在咫尺
闷声喊着号子
一步一叩首
把远方的地平线拉进万道霞光

我们，胜利！

孙建新（海洋船舶中心）

我们　为胜利而来，
我们　向胜利进发！
以胜利之名　我们百川赴海，
为胜利之名　我们继往开来。
胜利是昨天，
老一辈
燃烧激情　艰苦创业，
千里荒原喷涌高产油流，
共和国史册上书写下辉煌序曲。
胜利是未来，
新一代
肩负使命　为国产油，
百年胜利端牢能源饭碗，
中国梦蓝图里描绘出璀璨华章。
保障能源安全　响应国家号召，
绿色低碳发展　锚定前进方向。
我们坚定信念，
践初心不负韶华。
我们踔厉奋发，
从胜利走向胜利！

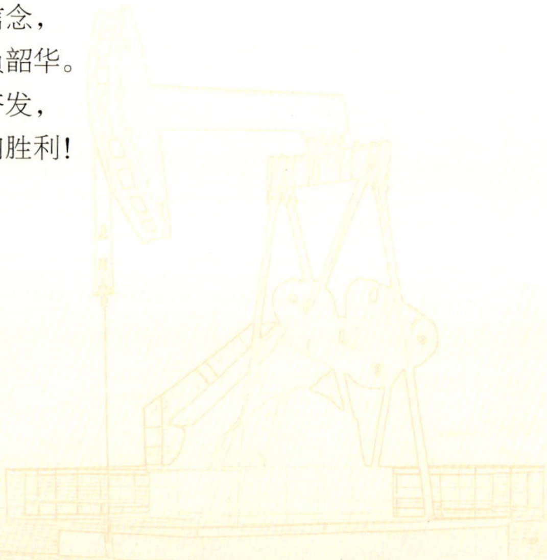

奔跑的列车

孙志惠（临盘采油厂）

从德州到郑州
一字之差的旅程里
我与一枚硬币
对视了 3 个小时

硬币在车窗前站立
列车在某一时刻出发
又在某一时刻抵达
硬币是睁大的眼睛
任山川河流飞驰
看大地画满丰收的棋盘

窗外的风景
切换不同的人生
长长的车厢
节节相连，又兜兜转转
偶然与背道而驰的列车相遇
硬币与铁轨产生金属的共鸣
发出歇斯底里的吼叫

仿佛穿越了时空隧道
无数陌生人与我擦肩而过
影子叠着影子
脚步踩着脚步
我握紧行囊，被抛在了下一个站台

中原大地，每一寸热土
都有家乡的味道
而我只是一名匆匆过客
进站与出站的人流依然拥挤
列车呼啸着远去
载着一枚遗失的硬币

石油力量

王翠玲（孤岛采油厂）

从渤海之滨的胜利油田
到西部边陲的克拉玛依
从铁人的大庆油田
到风光旖旎的南海油田
我追寻着父亲走过的足迹
亲身感受那份让地球也要抖三抖的力量

每当清晨，迎着火红的朝阳
手提样桶穿梭在芦苇荡间
聆听着的抽油机的浅吟低唱
心跳应和着千米深的地下
汩汩涌动的原油脉搏
不由自主高歌一曲《我为祖国献石油》

挥舞管钳，拨动井场间阡陌的琴弦
叮叮咚咚钢铁的撞击声
那是我心目中最优美激昂的旋律
身穿橙红的工衣在荒原上劳作
如一朵朵跃动的火焰
点燃一代又一代人青春的热情

在钻塔旁研究乌黑发亮的油砂
我们心有灵犀发出会心一笑
揭开沉睡亿万年黑美人的面纱
从算盘到计算机，一组组油藏数据
精灵般跃动着，不断向我们招手
身影更迭，跋涉的脚步从未停歇

从创业到创新，并非一段简单的路程
从 923 厂到胜利油田，也不仅仅是称呼的转变
从青丝到白发，从油一代到油三代

一种由内到外的力量，源源不绝
让天南海北的石油人
献了青春献子孙
这是石油的力量
也就是石油工人的力量

硕果金秋

王洪波（纯梁采油厂）

金秋时节，硕果累累，
中国石化成立 40 周年，
忆往昔，石油工人艰苦奋斗，
强三基，建设现代化企业。

昔日沙漠，今朝能源宝库，
40 载风雨，见证祖国发展，
讲奉献，全心全意为人民，
树形象，树立行业标杆。

如今技术，不断更新升级，
设备精良，工艺精湛无比，
员工培训，注重能力提升，
团结协作，共创美好未来。

中国石化，引领能源革命，
为世界经济发展贡献巨大，
40 载历程，铭刻骄傲与荣耀，
未来路上，我们继续前行。

石油工人的十二月

王姜华（临盘采油厂）

一月，油井深埋在荒芜中
等待立春的消息
石油工人扎紧井口
把黑得流油的金子
驱向管线

二月，红工衣的女子
手提样桶
轻触衣袖上油滴
油滴如惊蛰钻出的甲虫
攀上红色的花

三月，柳笛在微雨中响起
班车上的作业工
鼓一口绿色
单调似水的声音一路流淌
把老班长的思绪
送到那年会战的地方

四月，井架指向立夏的方向
机器隆隆作响
二十四台泵车连着高压管线
对地层低语
三千六百米下的岩石打开呼吸
滚烫的原油跃跃欲试

五月，大地再次打开丰收的窗
太阳投下七十五度的光
钻台影子被拉得很长
年轻钻工在油管前
打开精确到毫米的卷尺

诗朗诵：邵大川

扫码收听音频

把芒种丈量

六月，三伏的第一天
雨下得很大
装载物料的卡车
从天亮走到天黑
井场的灯光隐隐闪现
池塘里的青蛙
欢呼雀跃

七月，立秋的那天晚上
天气微凉
辗转反侧的抽油机
呼噜噜打鼾
手提管钳的巡井人
把睡意驱赶

八月，秋水清澈
昼夜等长
站台上的作业工
用吊钩挂起
天边的月亮

九月，那一天
人山人海，红旗飘扬
红工衣撑起的会场
歌声嘹亮
热情阻挡了寒露和霜降

十月，树木退去厚厚的装
地质队员填满沉沉的枪
他们在最荒凉的地方
把脉线引长
用一腔热血
划开地层的胸膛

十一月，白雾笼罩着大地
北风停下了呼吸

钻塔伸出尖尖的吮
钻机唤醒团结的群
太阳只一个眼神
迷雾烟消云散

十二月，雪花把天空飘得很轻
轻如童年追赶的蒲公英
巡井人在荒原逐梦
脚印串起白昼黑夜
落雪把昨天的印记悄悄填平

深蓝色从蓝色里站起来（组诗）

王军辉（滨南采油厂）

石油是动词

抽油机减速箱内，齿轮与齿轮紧紧咬合在一起
机油一遍遍喷涂润色

劳模站长陈世文正带领员工铺设一条崭新的石油管道
撬杠、棕绳与几帧橘红色合力
弧光闪烁，汗珠滚落
一条内陆河汩汩而出

温压变送器计数着跳动的脉搏
大地深层的某一部分，在亿万年的沉默中苏醒
从生油层初次运移，到储油层二次运移
到人工井底，被抽油机、抽油泵合力拔出
“石油”的身世从名词正式转化为动词

诗朗诵：宋宗周

扫码收听音频

论滨采人的预见性

抽油机皮带戛然而止
一口井陷入沉默
警报随即拉响
滨南油区的热土上盛开着石油、天然气
也盛开着火花与智慧——计划性停井

定置清单，这让所有的故障有了预见性
一切突发事件成为可控，隐患按计划消除
严寒酷暑
一派，都是安宁温顺的样子

管道内外

石油在输油管道里流畅地行走
后来石油凝析出蜡，管壁结出垢
成为输油管道的暗伤
恰似一条人体大动脉的血栓
栓子越养越大
随时堵塞、致命

一瓶疏通剂成了迫在眉睫的紧急之需
后来，管道外的滨采人
研究、剖析、试验
清防蜡、酸性阻垢剂
成为一味良药
它们是血栓的溶酶
万里征途的通行证

荒野中，滩涂里
油井矗立的地方
再也没有软肋

致李军老师

李军老师，胜利油田技能大师
作为他的弟子
我的身上自带荣光

初入平方王油田时
理想与现实的落差让我支离破碎
李军老师，以一位长者的风范
抚平我，教导我，引领我
将他优秀的品质传递给
我
我在工作中一点点接受自我、改变自我

现在的我
已经扎根平方王油田

挑灯夜战的时候
李军老师会化成光和热
跳出来鼓舞我

深蓝色

年轻时的深蓝色
是军舰上的哨兵，守卫着一方蓝天大海
蓝天偶尔翻脸

大海时常发怒
除了他本人
暴雨和巨浪能让整个世界颤抖

转业后，他来到平方王油田
孤独的时候
深蓝色的抽油机是他唯一的伙伴

从大海到陆地，那一抹深蓝早已成为他梦的颜色
他是摄影爱好者——肖金碌
他喜欢用相机拍下石油人追梦的样子

他在指挥流水

在这片蕴藏石油的热土上
他有最“阔”的出身
他是海归
他是“油三代”
他身上遍布石油的基因
他是油田胜利新星一等奖获得者
地质技术员赵邦麟

在平方王油田
他能轻而易举地指挥流水
进行地下水油置换
他能对区块油藏进行精准分析
在他的引领下

我们能清晰地走进一口井的反面

滨南展厅的故事

铝盔、道道服、二八自行车，手绘流程图……
展厅有了博物馆的质地
一些老物件
靠沉默将一段故事打开

铝盔上有前世的伤痕
道道服呈现出古老的褶皱
二八自行车仿佛昨日刚被人骑行过
手绘流程图上清晰标注着每条管线的尺寸、长度，以及铺设情况……

在这里啊！
老石油们的故事讲也讲不完
同时被陈列的
还有滨南采油厂并不完美的童年

苍穹之下的安装队员

一双挂钩，是另一副手臂
从地面到梯子的顶点
有十二米的高度
在这十二米里
赵荣清攀爬了无数次

在南海井工厂
他需要将一台抽油机
立在12吨重的水泥基础上
在风声、哨声、指挥旗的呐喊声里，吊车的吊臂精准位移
找平、挂钩、辅助扶正、夯实基础……

他的眼睛像鹰一样锐利
他每天最安心的时刻
就是看着深蓝色从蓝色里站起来

一把闪光的钥匙

把房子建在春天里
抬头就看见了蓝天
大雁正驮着一粒种子
藏进白云
脚下是白鹭湖
风把湖面吹皱
鱼群在水底遨游
这里就是我的家
黄十五渤一，白鹭湖畔
在这里，我把唯一的钥匙交给幸福
蓝天可以自由地出入
我也是自由的
我有自己的住所
我可以安心踏足这片热土，放飞梦想

十九年前，我还是个毛头小子
生活的拮据总是捉襟见肘
十米见方的宿舍环境把我禁锢起来
白天，我在单位编写作业设计
夜晚，我在灯下苦思冥想，奋笔疾书
后来啊，我遇到了她
明眸皓齿，楚楚动人
她眼睛里的温婉，一不小心流进了我的身体
是我太贪心
总想给幸福找一个落脚的地方
从此，拥有一所属于自己的房子
成了我可望而不可及的白月光

东拼西凑，却还有一步之遥
理想的金子被现实的洪水冲垮
我在通往幸福的路上被按下暂停键
没想到的是
胜利油田住房公积金惠及万家，春雨一般，为我带来了甘甜
它像一把闪光钥匙，为我开启了幸福的大门

终于，在经纬交织的期待里
我如愿娶到自己美丽的娇娘
我们成功买下属于自己的房子
我们在自己的小巢里种植流水、骏马、羊群、心跳……
我们在两个人的小天地里挥洒汗水、泪水、青春、梦想……
日子开始疯长
空气中有了泥土的芬芳和炊烟的气息
我们的爱在公积金播撒的福泽里
生了根

飞雁滩，我的眷恋（外二首）

——写给河口飞雁滩油田

王晓丽（油气集输总厂）

渤海浪涌，惊涛拍岸。
浪花跃出海的怀抱，
与一株株红碱蓬缠绵。
潮退十里，浪花远去，
你在岸边搁浅，
以沉默的方式与浪花作别，
静静地卧成百里长滩。

岁月更迭变迁，
思绪千回百转。
我知道你对海的向往，
我知道你对远方的思念。
我也知道在你的身下，
有一种黑色的液体风情万种，
像水一样柔软。
她渴望的目光，
能把宽厚的大地望穿。
你应该能听到，
来自大地深处的呼唤和呐喊。

我听到那一句句呼唤，
我回应着那一声声呐喊。
我带着豪情壮志，
把一群群石油人，
召集在你的身边。

那橘红色的头盔，
顶着石油人的尊严。
那一抹动人的红，

如胜利的火把，
升腾起熊熊烈焰，
把这百里长滩纵情点燃。

那　一口口油井，
汇聚了多少俊杰。
英雄的石油人，
敢教日月换新天。
那深藏着的黑金，
在你的怀抱里蔓延。
把炽热的情怀，
汇成能源的洪流，
荡起滚滚春潮，
和着时代的节拍一往无前。

迁徙的大雁，
她一定飞过江河湖海，
也一定飞过大山平川。
她一路风景，
为何独恋你这百里长滩？
为何走了又来，去了又还？
对你无限深情，千般眷恋！

因为你温暖的怀抱，
是她倾慕的乐园。
因为石油人的亲和与友善，
给了她无与伦比的幸福感。
不曾忘记，踏着泥泞走过盐碱荒滩。
不曾忘记，搏击风暴一同并肩作战。
不曾忘记，剪烛西窗探讨创新方案。
不曾忘记，多少梦里共赴花好月圆。
而这一切的一切，
都化作青春的符号，
铭刻在飞雁滩，
写进油田建设的历史长卷。

封井！

这是一条命令，
也是一个宣言。
让几百口油井关停，
让上万只珍禽雀跃欢颜！
国家湿地建设，
生态环境保护刻不容缓。
而我心中，
有一千种理由朝思暮想，
有一万种情结牵牵绊绊。
飞雁滩，我的思念，
飞雁滩，我的眷恋。

种一颗油砂等它长成另一条黄河

等老了，
就在这片盐碱地上安家。
陪黄河、陪大海，
和芦花、红柳、碱蓬、蒲公英一起。
看落霞和孤鹜，
观秋水与长天。

开一块荒地，
种豆角茄子西红柿，
也种悠闲的日子。
再种一架葡萄，
任月亮在上面游走。
洒几粒星子，埋几颗油砂，
守着日月，等油砂发芽。
长成黑色的石油，
看它翻腾成另一条黄河。

丰碑

——献给中国石化成立40周年、胜利油田勘探开发建设60周年

又一次，

站在华八井纪念碑前，
仰望着耸向蓝天的巍巍井架，
我心潮澎湃，感慨万千。
为那些转战南北、历尽千辛万苦的找油人。
为那些敢为人先、无私为国奉献的石油人。

仰望着庄严的纪念碑，
我仿佛看见那一个个铮铮铁汉，
冒严寒、顶风雪、战荒滩。
在奋战华北找油的两千多个日夜之后，
在渤海之滨的黄河三角洲，
一个地图上都很难找到的地方——
山东“北大荒”——东营村。

靠人拉肩扛，靠铁锨、麻绳、撬杠，
靠钢铁意志，
在一声声震天的号子中，
将百吨重的井架竖起。
问鼎苍穹，扎根大地！

我分明看到了——
冰冷的钻台上，
英雄的石油人，
屹立在寒冷的风中，
把沉睡地下千万年的油龙唤醒。

当钻机的轰鸣震醒了莽莽荒原，
当那股黑色的油流，
从地下喷涌而出的时候，
他们满脸惊喜愕然，
甚至是惊慌失措——
他们没有见过这样的场景啊！
这闪光的石油，这舞动的油龙！
当确认了这就是要找的宝贝时，
他们喜极而泣，欢呼雀跃，
他们的呐喊穿越云霄。

时光定格在 1961 年 4 月 16 日，
这个永载史册的日子。
日产 8.1 吨工业油流，
让中国欢呼，让世界瞩目。
华八井——
写下了胜利油田发展史上的第一篇章！

从此，不再担心经济封锁！
从此，不再畏惧西方油霸列强！

从此，这里
成了胜利人梦开始的地方。
从此，这里
承载着一代代胜利人的梦想和希望。

历史永远铭记——
1962 年 9 月 23 日，
中国第一口高产油井，
营二井诞生，
日产油流 555 吨。

1965 年 1 月 31 日，
中国第一口千吨油井，
坨 11 井诞生，
日畅喷原油 1134 吨。

自此，中国第二大油田——
胜利油田诞生！

还记得吗？
会战初期，
在连一棵树都不长的盐碱荒滩上，
石油人吃着糠菜团、霉苦的地瓜干，
喝着土坑里咸涩浑浊的水找油打井。
地窝窝的炕上，
他们和衣而眠。
睡梦里依然还会憨憨地笑，
梦话里依然还是找油的故事。

还记得吗？
第一块拇指大油砂的出现，
让石油人雀跃欢喜，
如见到一个新生命的诞生。
那是石油人血汗的结晶，
那是中国石油的未来和希望。

几年的千辛万苦，
几年的生死搏斗。
当看到横空出世的油流，
一个个七尺大汉流下了热泪。
这时他们才发现，
他们的炕可以抬出好几筐泥球。
那是他们衣服上的泥浆，
被一腔激情烘干之后抖下来的。

他们才发现，
自己的被子又黑又硬一股霉味。
好几年没有换过的被子，
像油毡一样盖在身上，
驱走风寒，呵护梦想。
他们才想起，
几年没有回过家，
也没有寄过钱。
他们才想起，
忽略了亲情和亲人，
让深深的思念在风中孤单。

今天，
当悠扬的歌声在空中回响，
当鸽子在蓝天上快乐地飞翔。
我站在高高的纪念碑下，
想象着，屹立在钻塔之上的身影。
想象着他们看到油流喷出时，
闪亮的双眸和嘴角的笑容。
我仿佛看到了，

他们沾满泥浆的工衣下，
那颗火红的心。

峥嵘岁月六十载，
励精磨砺铸辉煌。
一部艰难创业史，
百万覆地翻天人。
一代代胜利人从华八井出发，
艰苦创业、拼搏奉献。
从创业走向创新，
从胜利走向胜利。
把一片荒芜的盐碱滩，
变成了绿色美丽的家园。

求实创新促发展，
坚定信念勇担当。
以国为重，以苦为荣，
我为祖国献石油。
石油精神，
石油魂，
铸就一座不朽的丰碑！

一线采风之清河（组诗）

王新生（胜利油田培训中心）

2019 年 4 月 19 日，胜利油田作协
“文艺轻骑兵，走进清河”文学采风

一

我们的中巴车在向南疾驰
电影《柳堡的故事》里的大风车
恁地在我脑海里荡起涟漪——
“东风呀吹得那个风车儿转哪
蚕豆花儿香啊麦苗儿鲜”

车窗外已有清河石油人的橘红工装
和彩霞一样的脸庞，缓缓掠过
他们身后的地平线上
除了有我们东营地区野外常见的芦苇
和碱蓬地勾勒之外
还有一座座盐山和盐田地默默点缀
我不禁感叹：有石油的地方荒凉都是一样的
海风在你的脸上晒盐

二

站在招待所二楼的后窗
刚好可以远眺海岔子里的渔船
几只海鸥的翅膀悄无声息地划过宁静的鱼塘
岸上已有俩垂钓者
早把个身影聚拢得像只“老等”（水鸟）了
他们的摩托车则一律侧卧在四月的青草岸边
咀嚼着无比鲜嫩的清晨时光

三

她说那一年的风暴潮来了
“小武汉”走了……
我看见啊眼前的高脚屋还挽着裤腿
葡萄架上的绿叶
一动，不动

四

夫妻井，这苍茫里的地老天荒
把日子过成岁月

院子里有一条黑色的忠犬
我知道那是一道卧着的闪电
凉棚下还挂着两坨腊肉呀
此刻正提着村烟里的记忆
在一根细铁丝上，“结绳记日”
哦，还有一小块菜园子呢
那又是一个多么温柔的梦乡啊

咦！谁的“绿脚丫”？在小栅栏上
伸着懒腰——

五

海滩站，8 名职工，38 口油井
多像天上的星宿
1 只流浪狗，3 只流浪猫
自动组成了“随军家属”

海滩站啊，你们想家的时候
长长的海堤就会捧出海面上的圆盘
接眨眼的星星

六

张——义——铁
我看你名字里不仅有铁
你“钢丝刷子短发”的下面
还有一团青春的火焰
你铁打的工作室呀
铁装置，铁装具
跟你们铁打的队伍攻坚克难
不到 10 年就降本增效 5000 多万元呢！

七

五榜样。除了张义铁呢
还有全国五一巾帼标兵荣焕青
湖北省“工人先锋号”138 接转站
集团公司注水专业竞赛金牌得主祁双杰
“江汉工匠”余克庆
还有“33 年写出来的时候就是两只大鸟在飞”
——江汉石油老作家严岛影先生的一路乡音陪伴

八

八面河第一井啊，跟我们华八井更是兄弟！
柽柳一样的姑娘，碱蓬一样的小伙啊
你们那火红的工装，早已把根扎在了盐碱滩上
你们站着是一面旗帜
倒下就是一片红地毯

而此时此刻的我
我也只能做个“自私的人”
将“宅”字念一万遍
惟引一彪文字
在客厅里
踏青

四十载

王月娥（纯梁采油厂）

四十载，石化行，走过风雨又春晖，
胜利油田六十年，见证了伟业之催肥。
贯彻党的二十大，实施新精神引领，
习总书记指示里，能源饭碗端牢我们。

理想信念如磐石，固守使命定未违，
思想共识凝聚力，引领胜利新篇章。
继承胜利油田精神，抒发石油情怀深，
致力“忆传统、强三基”，讲述奉献的韵律骄傲无比。

金秋诗会第十六，激发创新的文化熏陶，
我们为胜利油田奉献，促进石油的光华更高跃跃欲试。
石化强，中国强，矢志为国家能源之路加速，
四十年，六十年，再创新世纪的石化辉煌不息。

我们是注汽工匠“火炉哥”（外一首）

魏卿（注汽技术服务中心）

我们是一群阳光的帅哥，
燃烧的火焰，
载着青春梦想，
追寻油海，
倾注汗水，
洒下一路赞歌。

不怕寒冬，
不惧酷暑，
迁徙的锅炉车，
斟满以苦为乐的生活。

不怕困难
不惧寂寞。
奔腾的黄河，
赋予我们坚强的品格。

你看，
你看，
油区里那道彩虹线，
一条条蜿蜒起伏蒸汽席卷。

你看，
你看，
妹妹在大红门等着我，
一声声深情呼唤“火炉哥”。

我们是一群严谨的帅哥，
升腾的火焰，
载着青春希望，
冲入油海，
倾注激情，

留下一首赞歌。

不怕辛苦，
不惧孤独，
喷薄而出的油流，
是我一生追求的选择。

不怕挑战，
不惧失败，
奋斗的足迹，
走过祖国万里山河。

你看，
你看，
哥哥门前那条河，
九曲婉转流下坡。

你看，
你看，
水入大海腾浪波，
一路青春一路歌。

嗨，一路青春一路歌！

胜利油田和他的大国工匠

在山知山高，
在水知水深。
探寻神秘油藏，
靠科技引领，
靠拼搏奋斗，
靠默默奉献的一代又一代大国工匠。

撩开岁月时光追问，
苍穹大地之下，
流淌亿年的黑色金子，
是谁揭开你神秘的面纱？
是谁辗转在苍茫大地，

把你苦苦追寻？

那是一个艰苦卓绝峥嵘岁月，
说来轰轰烈烈，
却又回肠荡气。
眼前追忆上世纪六十年代，
那似水年华一个个矫健的身影，
抬头凝望着前方红色的国旗。

他们举起手臂，
庄严宣誓！
为了共和国工业发展的需要出发，
向莽原深处奔去，
为了共和国人民的福祉出发，
向北风肆虐的雪地走来。

坚定的脚步，
留下青春的足迹。
时空记载，
信念与使命在召唤，
岁月吟唱，
劳动号子如铮铮誓言寻觅大油田。

几度春秋，
几度风雨，
石油工人不惧挑战，
科技工作者不惧一次次失败，
创业难，
再难也难不倒勇敢的石油工匠。

设备安装，
靠人拉肩扛，
大家的力量，
拧成一股绳。
战天斗地，
劳动号子响震天。

轰隆隆，

钻机发出轰鸣，
轰隆隆，
远方传来一阵阵雷声，
轰隆隆，
雷声盖过钻机轰鸣。

工人们身心疲惫，
肩膀上磨起一道道血痕，
他们咬紧牙关，
始终坚持。
因为钻井勘探速度不能减，
不能减。

分不清是雨水还是汗珠，
滴滴答答砸落在钻台上，
钻井进尺有序推进到设计深度，
放喷时刻，
勘探队员们，
紧张的心怦怦直跳。

地下油流涌动聚集，
它终以穿透万古岩层的力度，
从管网中喷发而出，
在空中腾飞勾画出一条黑色油龙。
队员们欢呼雀跃，
勘探队长却悄悄转过身擦去脸上激动的泪水。

从此，
在山东广袤无垠的土地上，
诞生了胜利油田。
在黄河口，
在孤岛渤海湾，
工匠们展开一次又一次石油大会战。

旌旗飘扬锣鼓喧，
四方勇士来会战；
妻送郎，郎送妻，

夫妻双双送儿女。

会战将士不怕难，
英雄气概意志坚；
风里来，雨里去，
争当标兵夺上产。

披星戴月不停钻，
各行各业比贡献；
井连井，站连站，
誓言拿下大油田。

生机勃勃白碱滩，
千口油井忙投产；
白天忙，夜晚干，
百日建成大油田。

石油工匠寒来暑往迎雪踏冰，
一位位英雄模范光荣事迹，
在这里传向神州大地。
峥嵘岁月，
石油工人有力量的形象，
是当代最亮丽的风景。

新时代，
中华复兴之梦，
引领着新时期大国工匠的希望与目标。
不忘初心，
牢记使命，
保障国家能源安全。

百舸争流，
千帆竞渡。
胜利油田大国工匠，
立足新起点，
奋进新征程，
谱写以劳动托举盛世华年新篇章。

石油荒野上的一些短歌（组诗）

温昌华（油气护卫中心）

时光里的苇鸟

选择苇鸟，符合荒野的
气质，它穿过的井场，也有人穿过。
它们飞得很低，多年后，
总在生活里起落。
在时光里飞，在回忆里飞，
穿梭的荒野也是人间。
我欣喜翅膀的意义，
天空不再仰望，阳光伸手可及。
抽油机旋转出石油，
伸向远方，梦中的星辰。
多年来，情之所系，
风不知所起，他一直在芦苇之间。

芦苇的文学性

取棵芦苇，给它些意义。
根是荒滩的石油，
一篇扉页沉浸着盐粒的小说。
交错而上的杂文，
被工衣穿梭成天空下的散文。
弯而不曲的苇身，
虚与实的辩证，
大地之上，那是报告文学。
我看芦苇时，它也看我，
一幕戏剧从此诞生。
特别是秋天，爱从心尖上
抽出一首绛紫的诗，

诗朗诵：王东

扫码收听音频

风一吹，成了散发着油味的诗学。

荒野上的嘟噜子

滩海的一种小蟹，因为盐，
味道绝美。我在井场，
它在十米之外。大地之上，
各有各的生命立场。
因石油，此域少有天敌，
油井的影子里有它，
它眼里也有工衣，芦苇和铁。
安静符合生活的逻辑，
它觅食，看斜阳。
远处传来三十年前的钟声，
管钳还在咬着井口。
月亮浮出天空，我像月亮
看我一样看它不停地
穿梭，挖洞，突然心生歉意。

秋天里的一棵红柳

如果有时间，请来到这里，
海风被阳光晒干，
咸涩浸透每一次想象。
用荒野表达，一棵就是意义，
即使躲得开井口，
你说的秋天也会来这里。
气氛逐渐冷清，落诠释北方，
落里没有辗转和反侧，
没有叙述思念的诗。
干脆的过往，利落的情绪，
坚守中坠成一个远方。
生命是种选择，不是宿命，
这是我唯一的理由。
别人关注姿态，我关注
离别之地，太阳又近了一寸。

荒野上的白鹭

青天还是青天，红柳没引来
黄鹂两只。诗句落单，
只得以白入世，
抖掉黄沙，独留下风，
彰显生态之美。白鹭不大，
也会飞，但工友们都叫它傻等。
我在岸上，它在水里，
以滩涂为信，我用目光确认。
翅膀托起过油井，
红工衣，甚至整个夕阳，
立在一处却是半天。
有水就有岸，有岸就有水，
我以为它在冥思，
不承想是啄食夜空里的星光。

荒野的重量

桌已摆正，那就铺一纸荒野。
时光研磨得正好，
一座钻塔，两棵芦苇，
笔锋弯出三四条路，
一条给自己，其余的给石油。
你不用费心地找我，
就在这里，线路伸向远方，
连接星星点点的井口。
至于阴晴圆缺，交给窗外，
余下的白，交给盐。
寥寥几笔人生已过大半，
没带来的也无法带走，
能留下的，可以称为精神。
突然想起蝉鸣时节，
我在午后沉睡，却被风掀起。

湿地组章

吴朝标（基地分局）

一

黄河水蜿蜒向东
以巴颜喀拉山融化的雪为底色
以沿途收集的黄土为渲染
这雪蕴含山的魂魄
这黄土自带高原的基因
雪与黄土的相遇，成就了母亲河

随遇而安的植被
是黄土挟裹而来的种子
被长途搬移后的生长
灵性依旧，本色不改
远隔千里的生灵
依然能听见熟悉的召唤

诗朗诵：方华

扫码收听音频

二

湿地是黄河入海之前
交还大自然的馈赠
奔腾的命运停歇下来
嘈杂的俗世里
钢筋水泥过于生硬
这里的土壤是柔软的
踩上去，飘飘欲仙

湿地是安放于天地间的镜子
天与地眉目传情
都逃不过镜子的眼睛
滩涂生生不息

海水潮起潮落
石油的开心和感动
镜子都悄悄拷贝下来

三

与石油有关的秘密
是湿地穷尽一生去守护的
为此，它不惜筑起槐林的堤坝
赤碱蓬的城墙
水系的隔段与芦苇的迷阵
并调用前仆后继的黄土
一次一次掩埋踪迹

地下几千米
是火种修炼打坐的暗室
火种原本是红色的
石油是火种修炼到至高境界
向人间祭出的原形
湿地守护的火种
取出来，就能燃遍神州

四

入海口湿地是有生命的
譬如一棵树
在黄河与大海交汇处生长
站起来，树冠直抵天空
躺下去，汁液流进大海
这树干是黄色的河水
这枝丫也是黄色的河水
还有数不清的叶片
那是植被的胎记和黄土的皱纹

五

不同于沼泽

湿地是光的世界
是孕育生灵的草场
而沼泽是背叛者
它背叛土地的初心
绝口不谈托起
一心只为吞噬

入海口湿地习惯开疆拓土
并在开疆拓土中
接纳新的物种
无数肺叶，以水系为纵隔
抱团依偎着海岸线
在祖国的东方搏动起伏

六

半个世纪之前
这里只有湿地
没有关于湿地的传诵
石油人来了
湿地仍是湿地
只是从此百度里
列满它与石油伴生的词条
此后，国字号保护区
将籍籍无名的世外桃源
变得声名远播

抽油机识趣地退让了
还有钻塔
还有好多房舍
搬移或关停的井场
是石油人抹不去的记忆
东方白鹳自由地飞着
石油的暗河
在深处汩汩地流

七

钻塔不会遗忘
扎进和取出的战栗
摩擦中粉碎的痛
在触及泉眼那一刻
筋骨间的狂喜
不次于黄河掀起的浪花

石油人不会遗忘
数场风暴过后
抽油机在泛滥中停滞不前
落雪笼罩滩涂
与芦苇和盐碱拼出三重白色
还有无遮无挡的风啊
多少回，令石油人步履蹒跚

新时代大步向前

戚喜波（现河采油厂）

总是难平复那喷薄而出的一瞬间
总是难忘记那瞬间跳动橘红色火焰
总是难释怀那苍茫的大地曾历尽艰险
当油花飞溅
当油龙闪现
当年轻的土地承载祖国的期盼
这一刻
那是你
无数的你
就是你
你肩负着开天辟地的重任
又承担着继往开来的使命
你从人群中走来
又向人群中走去
你坚韧
你机敏
你顽强
你温润
你拥有常人所拥有的平常
你又有凡人所不具备的不凡
你用执着踏遍祖国的沃野荒原
你用臂膀推动探向深邃的大钳
你用果敢劈开阴云密布的蓝天
你用承担扛起求索的脚步向前
经历过泪水
品尝过苦涩
走过巅峰与低谷
依然笑对明天
对

要微笑
微笑雨露心田
要坚强
坚强踏平难关
要创造
创造新时代的不凡
流星划过的夜空一天又一天
游梁转动的希望一年又一年
岁月的痕迹刻画着微笑与坚强
绵延着创造与承担
是时候了
微笑着离去
是时候了
坚定地承担
承担我们共同的心愿
明天
你追求的理想
依然……
你梦想的事业
依然……
你擘画的蓝图
依然……

悼念父亲

徐国方（临盘采油厂）

一

一直想为父亲写首诗
写他一米六的身高
和梦里三千里的咳嗽
写他的腰弯曲的角度
左手被钢铁砸伤的无名指
左胸支架支起心跳
写他的目光，看什么都藏着畏惧

写他顺从刀子
心甘情愿做了一辈子草
就像做了一辈子饭
偶尔放多盐
还像考试不及格的孩子
写他的话越来越少
一口失声的老钟
一枚过不了河的卒子

写他花岗岩的墓碑
这辈子，终于还是破费了一次
写他怕冷，于是
藏进火里
躲进土里

诗朗诵：宋宗周

扫码收听音频

二

我一直认为父亲是被我杀死的
那一刻，我用氧气罩堵住了他的嘴
堵住他和这世界唯一的通道

我这卑鄙的凶手
竟然把肺叶托付给付费的氧气
自始至终，都不知道那会噎死人的
病床另一边的妻子
提醒我父亲可能有话要说
而我没有给他机会
到最后也没有撤掉氧气罩
我这卑鄙的凶手
剥夺了父亲说最后一句话的权利

此刻，跪在父亲的墓前
我这卑鄙的凶手
就像等待被枪决的囚徒

三

父亲走后，我只有躺在他的床上才睡得踏实
这张宽一米五、长两米的木床
藏着他已被火化的抬头纹
那一根根木梯子，我和妹妹曾踩着爬到高处
看远处山水如画、人流如织

此刻，躺在父亲躺过的床上
为他写诗
我迟迟不敢动笔
父亲腰不好
怕一翻身，就碰疼了他
我用枕头挡住泪水，轻唤了一声
——爸爸

峥嵘六十载，一起向未来

徐毅（地面工程建设监督中心）

时光有迹，岁月留痕，六十年一甲子，无限荣光。
渤海之滨，你如一场清风，抚慰着中国石油事业的苍凉，
黄河之畔，你像一支文笔，填补着国家石油发展的空档。
六十载的风雨沧桑，足以让那段激情燃烧的岁月变得辉煌，
六十载的峥嵘岁月，足以在共和国石油的史册上永远激荡。

回首过去，成就有声，创业无言，
推开岁月的长河，沿着时间的轴线，
一年又一年，一岁又一岁，我清楚地看见你来时的模样，
每一个片段都值得被人颂扬。

1955 年，党中央英明决策，“战略石油东移”，
华北地区石油普查拉开序幕，你的命运从此注定不同凡响。
地质科研人员怀着“我为祖国献石油”的豪情，齐聚一堂，
他们在广袤的华北平原上苦苦寻觅，不惧满目碱蓬和苇荡，
他们住干打垒，食野菜，饮苦水，与天地斗，不畏满身泥浆。

日钻千米，突破东营凹陷，铁塔凌霞，红日照满东方，
东辛油田的发现，如同翻开了渤海湾之畔全新的篇章，
华八井的华丽登场，华北平原石油大规模勘探开发的序曲从此奏响。

1962 年的鎏金时光，营 2 号油井横空出世，
日产 555 吨的产量遥遥领先于全国油井出油榜，
从此铁塔巍巍，原油滚滚，油龙流金淌玉，千里溢香。

胜利油田的“铁人”们，
以国为荣，以苦为荣，坚定信仰。
一双双勤劳的手，一张张质朴的面孔，
诠释着胜利之于中国石油事业的担当。

在艰苦中勠力奋进，用汗水浇灌理想，
在前行中执着图强，用激情延续希望，

“爱国、创业、创新，开放”，
还有那最赤色的忠诚，最豪迈的气概，最坚韧的意志，
在每一个胜利人的血脉之中永远地流淌。

胜利油田，威名远扬。
六十年来，深得祖国和人民的肯定与赞扬。
六十载的铿锵脚步，六十载的光辉历程，
让胜利人意气风发，走在向未来的道路上。

时代的潮流浩浩荡荡，
我们站在“两个一百年”奋斗目标的交汇点上，面临着百年未有之大变局。
应当以意志为钢，雄关漫道，用信念坚定着远大的理想。
应当以智慧为灯，迈开脚步，用拼搏照亮着遥远的前方。
应当以石油为墨，大笔一挥，用奋斗书写着时代的华章。

二十大的胜利召开，
为胜利油田的发展规划了蓝图，指明了方向。
去史笔之远，赏读胜利油田六秩发展之句，
立渤海之潮，奋舞中华民族伟大复兴之桨。
英勇的胜利人，立远志做新时代的弄潮儿，
扬起胜利精神的风帆，乘风破浪沧海远航。

油龙冲青空，逐梦新时代，初心不忘。
敢于担重任，一起向未来，星光万丈。
在灿烂的岁月之中，在前进的道路之上，
我们必将会从胜利走向新的胜利，从辉煌走向新的辉煌！

初心·使命

杨倩（注汽技术服务中心）

他们
战荒原风沙万里
树钻塔巍然耸立
他们
是盐碱荒原的开拓者
是地下黑金的探索者
他们
靠人拉肩扛苦干实干的精神探索着未知
做吃苦耐劳铁打的队伍开启奋斗的征程
有多少个日日夜夜
他们
战天斗地迎风霜雪雨
四海为家踏盐碱滩涂
当初的奋斗开拓出这片共和国最年轻的土地
现在的坚守描绘着新时代胜利人的宏伟蓝图
我们
继承着前辈那永不褪色的印记
从胜利走向胜利，胜利将冉冉升起
我们
继承着前辈那永不褪色的印记
一路披荆斩棘定要端牢那能源的饭碗做自己的主人
听，那嘹亮的号角
正呼唤我们新时代的石油人
忆往昔峥嵘岁月
看今朝薪火相传
听，那嘹亮的号角
正呼唤我们新时代的石油人
不忘传统守初心
奋起拼搏担使命

石油红

姚振宁（电力分公司）

七十六岁的老父亲
穿上了我给他的红工衣
在穿衣镜前
他端详了很久
粗糙的大手一遍遍摩挲着衣袖

父亲是当年的工读学生
一辆破旧的解放卡车
带他来到了这个九二三厂的地方
从此开始了他石油人的生涯

第一套工装
是蓝色的杠杠服
穿上它，父亲从此有了归属
有了石油人的名号

穿着它
父亲在芦苇荒原上
战风雪度寒夜
高唱着我为祖国献石油的战歌
只为那黑金的石油
赓续能源血脉

那么多年过去
父亲青丝变成了白发
曾经粗糙的石油汉子
也越来越像个孩子
看到穿着红工衣下班的我
也想要一套

穿着这身石油红
父亲再一次来到了华八井

抚摸着头戴铝盔，手握刹把的大理石浮雕
仿佛又回到激情燃烧的岁月

此时，在他的身后
一轮明月高挂天空
油城的万家灯火次第点亮

游槐林有感

尹建波（油气集输总厂）

花海林涛落苍穹，蜂鸣蝶舞眷孤城。
俯瞰黄河听沧海，槐乡五月胜江南。

注解：

一夜风雨把刚刚盛开的槐花吹落，让人心疼。淡淡的花香弥漫着整个槐林，伴随阵阵疾风，槐林又像大海的波涛潮起潮落，忽然出现在天地之间。

阵阵槐香引来无数勤劳的蜜蜂穿行于花海之间，林深处又飞来一群翩翩起舞的蝴蝶像精灵一般在呢喃细语，又仿佛在相互倾诉着对这座美丽小镇的眷顾。

孤岛小镇在当地政府以及油田几代人的呵护和努力下，巍然屹立在黄河之滨，沧海之畔，又仿佛再向世人宣告一座油城的崛起。

槐乡的五月给了我们太多的美好回忆，槐乡的五月虽不是江南，但在每一个油城人的内心早已胜过江南！

石油组诗

尹希东（桩西作业区）

观桩古 10 井

荒原深处
那口曾经显赫的老井
静静站立着
只剩下井口昂首的采油树
蓝天、白云中
钢铁脊梁依旧挺立着威武雄姿
桩古 10 井，像当年放喷时那样
展露着自豪幸福笑容。

历经二十九年风霜雨雪
她不为自己的命运叹息
她已把青春、生命融进了这片年轻的土地
把力量、能量输入了祖国的博大心脏

忆峥嵘岁月
她的放喷求产
成为当年胜利十朵金花中最绚丽的一朵
“5 毫米油嘴自喷生产，
日初产原油 3635 吨，
天然气 36.35 万方”
这一数字，温暖鼓舞了
所有春寒料峭中的石油人
给贫油的中国
带来了明媚春天
她的诞生
成为胜利石油会战史上的精彩之笔
弹奏出石油工业琴弦上的磅礴乐章

她始终站在冠军宝座上
是“迄今为止中国陆上单井日产原油最高的一口井”
它的诞生
引领着打开了“地质大迷宫”金钥匙
从此，桩西这片年轻的土地，
铺开了一张最新最美的油画……

一部艰苦创业史
百万覆地翻天人
桩古 10 井，是一口为中国石油工业
立下赫赫功勋的“母亲井”
如今，她已成为享受天伦之乐的母亲
正幸福地看着身边一簇簇成长的子孙们

桩古 10 井，没有老
她的生命和血液仍在奔流
我仿佛聆听到了井内原油的流淌声
她是荒原上一位无言的歌者，
默默诉说着这里发生的一个个故事
歌唱着荒原上如歌的日月
桩古 10 井，石油人心中永不老的丰碑！

作业工之歌

头顶着蓝天
脚踩着大地
广袤的原野
是作业工人拼搏的战场
耸立的井架
是作业工人挺直的胸膛
轰鸣的修井机
是作业工人有力的臂膀
那一起一下的油管
是作业工人深入地下的脉动

春夏秋冬

伴着日出日落
伴着星星明月
每一处井场
是他们战天斗地的身影
为了让地下原油早见天日
白班，头顶烈日
书写着挥汗如雨
夜班，蚊虫肆虐
忍受着叮咬毒针刺进皮肤
冬天，雪花飞舞中不惧严寒
目睹着月亮升起又落下
漫漫长夜中不知不觉度过
每当看到复活的油井
人人脸上露出憨厚而朴实的微笑
他们有一个响当当的称号叫“铁军”

作业工人的工作很普通
就是修井，为让油井更多地出油
每天的工作围着井口转，
一年四季，重复着同样动作
油井千差万别，每口井都不同
有的干净，有的脏，有的还喷油
遇到修井时喷油
他们就忘记了脏和累
看啊
荒原小路上走来一群“黑人”
浑身上下披挂着黑色
烈日骄阳晒黑了肌肤
飞溅的油花浸透了工装
就连安全帽上也闪着黑色光芒
有人起了一个绰号叫他们“油鬼子”

如今，曾经繁重的体力劳动
已被自动化所取代
他们不再受“风吹雨打日头晒”之苦
穿着簇新的工衣

坐在装有空调的操作室里
手柄一按即可轻松完成修井施工
作业工人从“蓝领”一步跨入“白领”
修井行业的高质量发展
圆了作业工人体面劳动的梦想！

荒原的变迁

印象中，几十年前的荒原
接地连天
满目芦苇野草连绵
冬天白茫茫
春季沙满天
荒原的风
一年刮两次
一次刮半年

如今石油人
用双手栽种出甘甜
昔日的荒凉和贫瘠已不复存在
黄河三角洲处处流金淌银
仰首的抽油机
排排标准化井站
让我梦绕魂牵
遍布于荒原上的采油树
拨动着我的心弦
掩映在红柳丛中的采油站
牵动着我的爱恋
沙鸥落满海滩
百灵演唱蓝天

造型别致的居民楼
绿树成荫，花香袭人
是我生活的美丽田园
一幢幢五光十色的高楼大厦
摩天而立

展示着石油人的追求与憧憬
当年的帐篷、干打垒
在楼房哗哗的拔节声里，
沉淀成古色古香的记忆
一座座漂亮的教学楼里，
飘出了石油娃琅琅的读书声
一座座绿色的公园里
流淌着休闲的欢歌笑语
夜晚，灯的海洋
霓虹灯旋转出优美舞曲
文化宫、俱乐部、图书馆、商贸城
鳞次栉比，相映成趣
港口繁荣、稻米飘香
牛羊遍野、鱼虾满池塘

荒凉与孤独
被一步步赶进了黄河古道
赶出了黄河入海口
一座座美丽的石油家园
神奇般腾空跃起
油地融合的大合唱
正托起石油人新的未来与希望

海上胜利人

尹长宝（注汽技术服务中心）

背靠坚实的陆地
走向广阔的大海
胜利人找油的视野
没有边界　没有例外
汗水、心血搅拌水泥、石块
筑起一道坚固的孤东大堤
使命、责任打造钢铁构件
建成一座座小岛样的作业平台
片片陆地新“长”出来
不需摸着石头下海
精确切到了石油动脉

一号钻井平台海水中巍然屹立
“泥腿子”惊涛骇浪里不再晕迷
“定海神针”一样扎根在海里
行走蹦跳如履平地

二号钻井平台迈出踏浪的步子
“旱鸭子”长出了双鳍
成了一条会呼吸的鱼
大海里任我来去

一组钻井平台摆成上产阵势
隐匿海底的油龙没了脾气
沿着胜利人意志铺成的管道
乖乖汇入共和国能源饭碗里

大海不是胜利人的拦路虎
胜利人不是大海生存的包袱
采出千万吨原油
不带出一点油污

产生多少吨垃圾
全运回陆地“回炉”
相隔一条输油管线
浪花与油花和谐相处
你不打扰我的歌唱
我不牵绊你的旅途

胜利人没有孤独
鱼邻居常来平台打招呼
跃出水面跳起芭蕾舞
海鸥绕着钻杆飞来飞去
叽叽喳喳说着欢快的鸟语
海燕神情严肃
提醒暴风雨前做好防护
很多鸟南飞北迁在此过渡
胜利人送上食物送上祝福

采油不是唯一任务
胜利人创建了海上和谐大家族

梦里花开（组诗）

璎宁（纯梁采油厂）

梦里花开

一棵树，在梦里开花
开白色的花，从一朵到一万朵
好似把一生的花一次开完
每一朵都那么纯洁，那么鲜艳
如爱情

因过分用力，很多的花
掉在了地上
我站在它身旁
阻挡不让它开花的一切
比如炮火、阴雨，比如人

我试图将地上的花朵
重新安到它身上
它摇摇头，落下了满天的泪
我们看得见的，看不见的
都在慢慢消失

美人梅

窗户跟前的一棵美人梅
一朵，一朵地开
做第七次核酸检测时
开的那朵，还没有凋谢
做第八次核酸的时候
又开了一朵　像是在接力

有一朵，开成了我的窗花

我知道一朵花内心柔软的部分
但是它不知道
它面前的女子
内心有着很厚的浮冰

它就那样开着
开成一位穿着婚纱的少女
等待一串来自远方的唢呐
可有什么办法呢
店铺都关门了
我买不到一块送她出嫁的
盖头

玉兰

玉兰，玉兰
面庞白净，眼眸明亮
长长的辫子，如一口幽深的井
伸进梦里，14 岁那年远嫁黄河西岸
如一朵花，未等开放就忽然凋谢

玉兰，玉兰
端坐树梢的观音
慈眉善目，纱幔及地
合十的双手
接住生活的刀刃

玉兰，玉兰
写在一个人的背上
她抬手、弯腰
像一朵兰花轻轻打开自己
用酒精的香气，为这个季节消毒

杏花

站立枝头或者随风飘落
都如农家少女般恬静

子房、花药、花瓣……
凝结了生活中所有的美
沉默　是它对抗风雨的唯一方式

此刻的静止
与春天保持了一致
凭什么？握住一朵
向她讨要流逝的青春
或者生命的密码

即使把她放置掌心
或者吃下去
一朵杏花
依然是我无法抵达的世界

连翘

庭院、街角、湖畔、林地……
这野性十足的女子
提着花瓣的宫灯
如春天射出的一道光

独有的黄，梵高的泼墨
上苍给大地特许的加冕
有着三叶草、苦菜、扶芳藤、
飞蓬的观众

隔着十米的距离，被她灼伤
残破的躯体
如一支发不出新芽的枯枝
暗自叹息　落泪

二月兰

无论叫诸葛菜或者蔓菁
生活在低处
是从三国开始

就树立的信仰

不然，怎么会在
石头的缝隙间
独自生出一个紫色的海洋
茎叶供养的士兵
早已战死疆场
派出去的信使已入赘异域

以蓝紫色、浅紫色和白色
为掩护，暗度陈仓
飞翔只不过梦里的场景
内敛才能活得更长久

阿拉伯婆婆纳

你这匍匐在地的小东西
微小到被人忽略的物种
蓝色的大眼睛上
长长的睫毛眨动

我需要下跪或者趴下
才能与你保持一致
我的祈求是徒劳的
你不肯交给我，你的莲花宝座

更不肯向我透露
低处的生活
伸向你的双手是徒劳的
安于泥土
是你的家训

成为花的一部分

一捆玫瑰到我手中
像十六岁的少女
身上的刺

有一枚扎进我的无名指

我不打算把它挑出来
我要让它和身体内
其他的刺汇合
让我一直保持疼痛

自此，我小心行走
让它在身体内沉下来
成为我的一部分
我成为花的一部分

被我错过的阳光

整整十五天了
我像一个无所事事
完成了使命的人
除了喝水、吃药、吃饭，
最重要的事情就是躺着
等待疼痛

它们如蒺藜的种子
埋伏于我千疮百孔的土地
第一次要破土，生长、开花
并在我的手指、胳膊上弥漫，布道

我不得不接受它们
就如接受每天上午十点钟的阳光
准时钻透玻璃
呼啦一下笼罩在发财树上

它们有着婴儿般安详的脸
穿着蝴蝶般的衣裙
如女儿小时候
在绿叶的滑梯上跳舞
用细细的嗓音说话

还常常旋动一股风
以至于我很想爬起来
加入它们的行列
那分明是我错过的阳光。

石油红

于苹（临盘采油厂）

红色，奔放热烈澎湃向上
中国人向往红红火火
石油人身穿红色衣着
在油田
无论是勘探莽原，还是钻井平台
无论是作业现场，还是采油树旁
处处都呈现着一抹抹红色
那是石油人忙碌拼搏的身影
那是奋进者激情燃烧的本色
人们亲切地称之为“石油红”

我爱石油红
石油红勇于奉献
为油奔波走天涯四海为家
舍亲情献青春忘我工作
为国分忧为党尽责流血汗
石油红心甘情愿

我爱石油红
石油红别有力量
锤炼作风、苦练技术、大搞创新
面对新挑战展现新作为
促进油田高质量发展
石油红当仁不让

我爱石油红
石油红敢于担当
“宁可少活二十年，拼命也要拿下大油田”
石油精神血液时刻在血脉中流淌
胸怀国之大者端牢能源饭碗

石油红责任肩扛

我爱石油红
她是国家能源的坚强保障
她是中华民族伟大复兴的磅礴力量

春天，一只鸟儿飞过荒原（外两首）

张爱美（山东石油化工学院）

春天，我想起那只鸟儿
它从二月的枝头飞来
那时黄河口乍暖还寒
柳色遥看近却无

荒野是寂静的
那些冷峻的铁塔仿佛古老的大树
正从荒野上腾冲而起
一股神秘的力量
从大地深处慢慢升上来

此刻　我羞愧于自己的狭窄
和浅薄
如果你不曾到过荒野
你对那些橙红色背影的任何评论
都是亵渎
难道你只在温室里
去想象一朵野花的开开落落吗

我不知那只鸟儿从何而来
是料峭的枝头
是荒草枯萎的长发
还是铁塔上藏着它的家
它飞到我的脚下
抬头望着我　仿佛要对我说说
荒原的秘密

许多年　荒原似乎变近了
钻塔似乎矮了
那只鸟儿去了哪里
我是否会和它的子孙在荒原相遇

一棵芦苇的春天

听说大海边
温暖来得早一些
而黄河口的春天
来得特别晚

不知是那威严的铁塔
慑退了春天的脚步
还是地下深处的黑色溪流
把春天牵绊住了

其实，春天早就埋伏多时
黄河口的春天，不鸣则已，
一鸣惊人
如千军万马，箭弩齐张

也许，只有那伟岸的钻塔
能拥抱这澎湃的热情
那时，绿色汹涌
春天迅速地站起来
钻塔慢慢地
低下去

诗朗诵：王东

扫码收听音频

表哥

听说故乡有片叶子落了
表哥的心扑腾一下

表哥二十多岁来到黄河口
回老家，人们都说他身上有一股石油味

三十五年了，表哥退休了
他回到老家，整修了父母的坟茔

旁边，他还另外多修了一个
他对孩子们说，死后把他埋在那儿

那年秋天，表哥真的走了
孩子们把他葬在了油井架下

习诗录（组诗）

张爱珍（物探研究院）

给天下万劫不悔的苍生

水深火热
水深火热啊
赤日的射线刺穿亿万光年
将这褐色的星球烤炙
熟透了
熟透了
来飨
亿万光年那头
传来奇异的欢呼
来飨
来飨
来飨这熟透的褐色星球
来飨这丰富多汁的美味
来飨这单细胞和多细胞生物
这低级生物和高等生物
这浮游生物和巨型生物
来飨这孢子和种子植物
这菌类藻类藓类
这被子裸子类
这灌木类乔木类
来飨
来飨
来飨笨重的犀牛和大象
来飨轻灵的雀鸟和蜂蝶
来飨高贵的楠木和黄花梨木
来飨山间的梅兰竹菊

来飨田园深处的万顷碧荷
来飨含苞的花蕾
来飨盛开的花蕊中间的蜜
来飨比七色光更多的花的颜色
来飨
来飨
来飨这绵软可口的壤土
这醇厚耐嚼的岩石
这冰凉清心的水晶
这昂贵美丽的钻石
来飨红珊瑚和黑珍珠
来飨
来飨
来飨这靓蓝的海水
这祖母绿的深湖
这日夜奔流的江河
这低吟浅唱的涧溪
来飨夏日草尖上的白露
来飨冬日原野上的霜雪
来飨
来飨
这万物
这苍生
都是你的供物和祭品
来飨
来飨
这万物
这苍生
随时准备着为你献出卑微的生命
来飨
来飨
这万物
这苍生
终有一天

会万劫不复
却万劫而不悔

荷塘随想

仙女的机杼停了
机上的卷轴散了
飘飘洒洒
万顷绿绸飘进这无垠的旷野
绸上缀着微紫的花蕾
织着如雪的莲朵
绿绸下荡漾的清波
映着豆娘和蝴蝶的重影
双双对对　对对双双

佳人不在天上
观音不在莲朵上
荷塘生长上古的美丽
稚子的羽毛书写清愁
鹭影暗指天地悠悠
蒲苇诠释季节匆匆
观万顷绿绸飘落的荷塘
观紫的花蕾与白的莲朵
正是观一部《诗经》
观出诗三百篇
观出“思，无邪”

邂逅一只猫

闪电之后
白狐离开九层垒台
飞流直下三千尺
白日在天上
酒杯在手中
与月无关

喜马拉雅之巅
涅槃之夜
一道青烟
仗剑君临

大暑祛不除寒光
转瞬人间千年
牢笼固若金汤
白日当空作凤凰鸣叫
悠然一梦回故国
山高林密兮乃暹罗

黄昏

黄昏了
就像我
已是黄昏
黄昏不是天黑
太阳还没有落下
还有炊烟升起
尽管那灶下的柴草
非我点燃
我也可以感到人间的那份暖
黄昏了
就像我们
已步入黄昏
黄昏紧邻黑夜
太阳快要落下
炊烟也会散尽
我们想要那人间的暖
却早已忘记
在那灶下续添柴草
柴草要尽
炉火要灭
烟霾正将黄昏弥漫成夜色

关于两队蚂蚁的寓言诗

一队辛劳的蚂蚁
扛着一只死去的蝼蚁的尸首
喊着号子前进着
向着它们在树根的国度
喊着嘹亮的号子
骄傲地前进着
一队更强大的蚂蚁
早已将树根占领
短暂的混战
小队蚂蚁丢弃蝼蚁的尸首
仓皇逃离
它们失去了胜利的果实
也失去了自己的国
它们成为一队流浪的蚂蚁
占领者开始对功臣们分封行赏
杀掠中的功高者加官晋爵
狂欢后的蚁民
沦为新贵的蚁奴
有的默默奉献全部的蚁力
等待崭露头角的机会
有的放弃刚刚得到的国
重新四处流浪

韶光贱

午后的园子
很像戏园
我进来转转
就不想走了
树和我一样
像刚睡醒的样子
慵慵懒懒
灰头土脸

几只小鸟
停停飞飞
像卖票的小厮
又像跑龙套的演员
我四处逡巡
仔细瞧看
不期然被一片石藓
白了一眼
又觉裙裾拂面
徐徐如兰
化妆师抵达
提着她的百变香奁
看吧时候一到
那老生小生武生花脸就要统统露脸
稍候大幕一拉
那老旦小旦花旦刀马旦就要花枝齐绽
而我偏不喜悦
那份姹紫嫣红开遍
良辰美景奈何天
赏心乐事谁家院
我要趁着布景还未画好
锦屏人尚未入场
独自享受
这淡淡时光

一只北极熊被射杀了

到底是谁误入了谁的领地？
他们说你袭击了一名露营的游客
先是开枪赶走了你
随后又射杀了你
你能看见自己死去的肉体吗
像天使一样白
像睡着的婴儿一样安详
是他们射杀了你

你嘴角流着血
脖子上的血迹还很新鲜
你却永远也不会醒来了
因为他们射杀了你
你会找上帝申诉吗
申诉他们闯进了你的领地
他们开枪赶走了你
他们再开枪射杀你
你的身体还没有长大
你白色的毛很柔软
你静静地躺着
像是在等待着一个裁决
不必问合理不合理
因为你们生来如此
一切都是生来如此

一只被文身的猪

被生下
被挑选
身子要匀称
肥瘦要适度
皮肤要粉红细腻
毛色要白得纯正
年纪要轻
然后被诱入一个
有点像浴室
有点像美容室
有点像画室
有点像手术室
有点像囚室的房间
先被重度麻醉
再任由一群人
用沐浴露将你仔细搓洗
再用充满颜料的空心针

在你们细如凝脂的肌肤上
画画或刺绣
等一块块沾染血迹的棉球
装满一纸箱
你们也在钻心的疼痛中醒来了
像是到地狱走了一遭
然后，你们继续像猪一样活着
最终也会像猪一样死去
你们的痛苦与美丽
都与你们没有关系
只有那些画家们
那些美容师们
那些外科医生们
那些时装设计师们
在等待着这些花纹
长得更细腻
更生动
更硕大
更逼真
然后
你们美丽的皮肤
被贴上百万元的标签售卖
然后被送进设计室
被做成大衣、马甲和裙子
还有提包和手袋
穿在，背在，裹在
无论什么在
那名媛和名士的身上
不必问合理不合理
因为你们生来如此
一切都是生来如此

野草坡

我喜欢这向阳的野草坡

柔软金黄的枯草下
裸露着细滑干燥的土壤
麻雀们在沙土里打滚嬉闹
矮小的桃林静默着
像慈祥的老祖母

鹅卵石

公园里铺的鹅卵石
大小不一　形状也各种各样
就像它们的名字那般圆滑
大脚小脚　人的脚　禽畜的脚
都喜欢踩它
如果它们会做梦
可否常常梦见那失去的棱角
和那些隐埋深山的日子
那时它们任性斗勇互不服气
磕碰摩擦　伤痕遍体
却尊严在心俯仰天地
不像今日　被混凝土胶固在一起
作着和谐画面的装饰

黄河儿女雕塑

团一块黄泥
雕一个黄河的男儿
他是我的父亲
团一块黄泥
雕一个黄河的女儿
他是我的母亲

两块黄泥就这样雕出了
春天幽秘的恋曲
雕出了父亲的喜悦
和母亲的羞怯

两块黄泥就这样雕出了
夏日盛大的典礼
雕出了父亲的深情
和母亲的爱意

两块黄泥就这样雕出了
秋日神圣的分娩
雕出了父亲的自豪
和母亲的骄傲

两块黄泥就这样雕出了
冬日欢腾的锣鼓
雕出了父亲老而弥坚的舞步
和母亲铿锵奔放的腰鼓
大河奔流
大河的儿女站成雕像
留住了永恒

这是一座石油之城

这是一座财富之城
地球之火放射着太阳之光
油流以每秒万吨的频率喷涌
四处高楼林立
园林会所不可胜数
从东城到西城
50 华里人行道全部花砖铺地
公园里修建着木质走廊
木地板上的每一根不锈钢钢钉
都闪着贵族的光芒
甬路上镶嵌着精美的鹅卵石
一座座金水桥雕栏玉砌
桥下象征财富的河水四季流淌
洪荒之地变成了森林公园
大片的芦苇变成了美丽的风景

这里有个小区叫“花半里”
这里有个老人院叫“幸福 9 号”
再没有荒原
再没有贫穷
毛驴车上穿花棉裤的土著姑娘
已成为遥远的记忆
这是一座石油之城
地球之火放射着太阳之光
财富翻涌如大海之波

河尾叙事（组诗）

张宏德（车管中心）

一段往事穿着橙色衣裳

那是饥饿年代的往事，如果有照片是黑白的
岁月将会把它漂洗得愈加灰白暗淡
一个九十岁的老人，记忆依然清晰准确
胃酸是强劲的，它的强度穿透岁月的胃
那些在广北盐碱滩上打井找油的人
消瘦的腰带搂紧饥饿的腰，但他们同情的眼泪
阻挡不住死神，带走村庄那些饥饿的人
再也不能让老乡们饿死了，再把腰带扎紧一圈
32120 钻井队队长李仲田咬紧牙关，下达了斩钉截铁的命令
每人每天挤出一两口粮，每一粒粮食
都是一颗子弹，顽强阻击着走近村民的死神
在离华八井不远处的村庄，哭声开始消散
一座四十五米高的钢铁钻塔，吃着棉籽面窝窝头
已经站立在荒原上，村民们第一次仰望着这么高的天
一缕阳光照亮故事结尾，黑白照片上的那些人
我看见他们血管里，流动着橙色太阳的血

黄皮肤的河流闪耀着光芒

1960 年冬天，黄河北镇渡口上
从山东商河搬迁到广北的石油钻机，被黄河拦住
这个钢铁的夸父，幽灵一般游动在华北平原
他要找到沉入大地的古老太阳，五年了
从河北到河南，从河南到山东，在大河左右腾挪奔突
明化、开封、冠县，堂邑、邸阁、临清
六个踩出的土坑，六张绝望张开着的口

一脚踩在商河，大地轻轻颤动，他终于嗅到了
古老太阳羽毛的咸腥味道，渡过这黄河
三条小船挽起了手臂，两排赭黄的脊背在棉衣内涌动起波涛
这是又一条黄皮肤的河流，从洪荒流淌而来
在广北荒凉的盐碱滩上，脊背和臂膀弓起肌肉的起重机
举起四十块二百公斤的角铁
举起两吨重巨大的天车
举起四十五米高的钢铁巨人
太阳就在不远处低吼，夸父的肢体笨重地震颤
他舞动手中的两条蛇，左手黄色的滑落是一条河
青色的在右手扭动着进入大地深处，拐杖扔向远处
数百里荒原上有大片邓林起伏着，在钢铁游梁的枝头

莱 113 的蓝

莱 113 井架，一根巨型撬杠的手柄
在珠穆朗玛身长可触及的大地深处
能源饭碗底部正被探寻
沿着井架的钢梯，新闻联播上从容的步履
健步拾级而上，手柄正握进坚定有力的手
莱 113 蓝色的瞳孔里，火红而光荣的石油
缓缓升至蓝得深邃的位置
那红白相间钻塔的剪影，一枚闪耀光芒的书签
正插入地质年代，页岩书油墨的清香
顺着通天而上的云梯，迷途的碳孩子
将回归大地深处的家，他们再不会用一支支碳笔
涂抹蓝天干净的脸
莱 113 井架，你是站立海边的航标
标示出崭新时代的蔚蓝色航向

诗朗诵：方华

扫码收听音频

我要头顶着青天走向华八井

华八井纪念碑，钢铁结实的双脚
正站在青天下，一片天撑起在铁人擎起的青天右边
东部大陆璀璨的星光，照耀着我 37 年的石油饭碗

我吮吸石油的乳汁活命，却无缘荒原上那一片篝火的红颜
青天一顶星星亮，照见石油面前我苍白的双手
像一个欠债不还的人，我在华八井旁边羞愧地生活
岁月摞成台历上空旷荒芜的田野
我多想也昂首挺胸地走向华八井

出门左转九十步，右拐直行一千米，华八井
你正站在城市的高楼边，落日给你喷涂着又一层金
我远远站在你的阴影里仰望着你
你穿着蓝色杠杠服，迈下台阶突然走向我
这依然热爱着我的石油，正用一支老歌温暖的手
捂在我涌动波浪的胸膛，我找寻光芒的目光
伸出漫长的手臂，被牵引向北方

那一条绿色的管道

一条新的钢铁管道，正在穿过春天
穿过荒原沟壑边的芦苇，仿佛春天就是从那条管道里来
上一次管道经过这里，还是迢遥的上个世纪
那不远处的泥土下，埋着荒原惊心动魄的往事
当大地慷慨地捧出滚烫的乳汁，那些曾经枪林弹雨
穿越生死的人，怎么能怜惜热血、汗水和眼泪
起伏着的芦苇整齐波动绿色的身影，那些义无反顾的身姿
已经镌刻在，荒原盐碱一样斑驳的记忆
新的管道是 CCUS 年百万吨流量的巨大动脉
里面将会流淌着二氧化碳之血，溯流回泵到大地心脏之内
在新旧管道之上，一条绿色的管道隐约可见
荒原消失的精魂正在春风里聚拢
苇丛摇荡绿色的火焰，每一株芦苇跃动着
奔跑向起伏着的地平线，成为远方高大繁茂的树
荒原绿色的波涛，正在冲决着春天崭新的堤坝

一株紫杆柽柳还站在营二井

一九六二年九月二十三日，营二井

在四十五米高的井架顶端，看着下面那些
饿着肚子欣喜若狂的人流，六十一年后
我来到这里时，营二井口还高不过
附近的一株紫杆柽柳，晨曦正笼起它
枝头粉红花上的一团紫雾，这是盐碱地上
饮食盐水为生的植物，它还有一个名字叫三春柳
能把一年里盐碱的日子，三次绽开在枝头的花朵
像那个提着紫外线灯盏走过来的太阳
它突然照亮了我心中锈蚀的石油，让我看到了
还有比钢铁的词汇更铿锵的语言，召唤着这些
吃不饱肚子的人，在偌大的华北平原上一路寻觅而来
在山东的北大荒，过三年困难时期里最咸苦的日子
挖掘大地深处金乌太阳鸟下过的蛋，此时的共和国
饥馑的道路上奔跑的钢铁，都快饿得走不动路
他们都是一个生生不息古老部落的后裔
他们信奉着那个祖传的东方吉祥美好的箴言
他们热爱东部大陆上生机蓬勃的事物
他们顺着紫杆柽柳的根须向下挖掘到 2700 多米
他们摸到了那个沉入地下的古老太阳，就要喷薄而出
他们感到双眼泪腺就要模仿紫杆柽柳的腺体
分泌盐分极高的水，我现在清晰地听见了
六十一年前营二井上空当量惊人的吼声
那正是贫穷祖国的惊蛰时节，一个正饿得
直不起身的民族，需要在滚动的春雷里涤荡阴霾
营二井用 555 吨深沉的嗓音，一句古老吉祥的词语脱口而出
紫气东来

荒原有梦

张军（物探研究院）

繁星点点的夜
慵懒的月光洒在未被开垦的土地上
宁静、祥和，一片荒芜
“轰”的一声巨响
不知惊扰了谁的美梦
蛙声、虫鸣、被惊飞的鸟
站最后一班岗的“老物探”
习惯性地摩挲着怀里陈旧的罗盘
不知不觉间，已经过了那么多年
那些挑扁担的岁月啊
还有那些老伙伴
为一块块石头争红了脸的场景
鲜活似昨天

刷刷刷——
不分日夜
一群“白大褂”们
在图纸上、电脑前
不厌其烦地细细描摹、勾勒
断点、剖面、等值线
让没有下过雨的清晨
架起一道道彩虹
被圈好的地质“甜点”
欢快地眨着眼
轻声说着不见不散

似火烤的烈日
连蝉鸣都没有一点
只有钻机不知疲倦
一遍又一遍

重复唱着枯燥又无畏的歌
大红工衣上潮湿的斑点
不知是从千米之下往返的泥浆
还是钻井工脸上滴落的汗
是什么让他们
在最嘈杂的环境里
做最安静的谱曲者
是铁人的传承
在教他们唱石油赞歌

枯黄的芦苇又迎来了漫长的夜
连大地都舍不得这一片静谧
寂静地沉睡了一切
抽油机却舍得
嘎吱嘎吱——
不顾一切地在风中摇曳
撕碎了一地的月光
顺着穿洋气水泥灰外衣的管道
输送到城市、乡村各个角落
承载起车水马龙和万家灯火
还有那做不完的荒原梦

篱院的春天（短章八题）

张君亭（孤岛采油厂）

春日的早晨

墙角
一只甲虫
拽着晨曦
用力地爬向高处
瞬间
春意漫天
小小的甲虫
像极了初生的牛犊
我
被屏蔽在外
只有旁观

韶光

朝霞绚丽
蓝天远阔
两只喜鹊
在电线上
快乐地散步
尘嚣
沉睡在
菜苗上的露珠里
天上有一小片白云
像我的一点心事儿

倾斜的树

很多年前

在门前栽了一棵树
开始
蓬勃直上
一场特大的西北风
让它倾斜了身子
倾斜的方向
正好向着我的家乡
从此
不管从哪个方向刮来的风
再没改变它的身姿

怀念

猛地发现
五十年前
母亲夹给我的一块肉
方才落进我的嘴里

羡慕

看见小狗
吃妈妈的奶
我的眼泪流下来

看见燕子妈妈归巢
巢里的雏燕叫着迎接妈妈
我的眼泪流下来

我想念自己的妈妈
妈妈去世四十五年了
那年夏天我十二岁

下雪

雪花纷飞
世界

那么干净
那么安静
梅花喜欢这样的天气
或许枝头香茗正浓
此刻
田野最像田野
房舍最像房舍
可以邀一位朋友
只能邀一位
可以来
可以不来
可以等
门外有无一行脚印都好

听雨

没有风
没有尘嚣
天空
专注地下着细雨
这是前世的雨吗
怎么这样亲切
这是后世的雨吗
怎么如此苍凉
转眼看见镜子
镜子里的我
神情飘忽心事重重

月夜

乘着皎月
今夜
我要寻找
三十九年前的月亮

你若要写油田就不能只写油田

张连峰（纯梁采油厂）

你要写茫茫戈壁、巍峨钻塔，
先辈们头戴铝盔走天涯。
写北国风雪，西域黄沙，
渤海滩涂，巴蜀晚霞，
写哪里有石油哪里就是我的家。
写石油会战，千军万马，
人抬肩扛立井架，风餐露宿把井打，
写贫油国的帽子被石油人踩在脚下。

你要写搅动泥浆的身影依旧挺拔，
扼住井喷的手臂，紧握刹把。
写望着喷涌的油流，
硬汉眼中的泪花。
写拼命也要拿下大油田的血性，
和让地球也要抖三抖的豪情，
写延长、大庆、克拉玛依和东营，
共和国的版图上，一座座石油城在我们手中诞生。

你还要写低油价的迷茫，寒冬期的探索，
写关井的无奈，转岗的不舍
告别妻儿父老，西征北上，
外闯市场，坎坎坷坷
写石油人不屈地进取，艰难地爬坡
千折百回初心不改，砥砺奋进
一路凯歌。

你更要写抽油机的低吟，输油泵的欢歌，
写孤东海潮的喧嚣，夫妻井的寂寞
写岗位员工创新创效的执着，
写带病坚守的劳模。
写石油人的担当，为油洲加绿洲的拼搏。

写百万吨级 CCUC 示范区，
双碳目标、两化融合，
写新时代的石油人，
我为祖国献石油——不变的承诺。

石油情

张巧云（纯梁采油厂）

四十载岁月荏苒，
油田发展成就辉煌。
扛起能源饭碗担当，
传承胜利精神前行。

勘探开发不断创新，
油气生产屡创佳绩。
艰苦卓绝的创业历程，
铸就坚毅的品格精神。

岁月如梭，石油情依旧，
流淌在心间深沉。
感恩时代，感恩油田，
共同谱写辉煌篇章。

小镇不在江南

张谊文（胜采老年服务部）

小镇不在江南
小镇在黄河岸边
小镇朴素，没有城市的缤纷霓虹
踏进小镇，你便踏进历史的风烟

一棵老榆树
一棵榆荚满枝的树
一棵英雄种下的树
遵循着农垦人当年的意志
历经风雨的洗礼
岁月的滋养
如今它枝繁叶茂
高大似一座丰碑

沿着大道
深入小镇
青砖的民宿
散发着年代的气韵
一间挨着一间
花红柳绿围绕
鸟语花香盈盈

追溯过往
追溯时光
你要走进博物的长廊
那里有历史清晰的记忆
那里有年代深刻的印记
那些只有在梦中才得一见的怀念
在这里你将遗梦重拾、尽情重温

重温入党誓词吧！

听着时代的歌谣
拳头握得更紧
胸膛挺得更直
宣誓更加庄严
感受更加别有一番滋味
我想这大概就是时代的力量
火红年代的精神吧！

走出长廊
走不出历史的车辙
我们感叹时代的进步
感叹老一辈生活的艰苦卓绝
感叹那些为建设小镇追不回的流金岁月
但谁又能忘记这里镌刻下的历史
镌刻下的小镇拓荒人
抛家舍业，砥砺前行的奋斗史

小镇的昨天
已然尘封入土
曾经飞鸟不过的荒芜
曾经杂草丛生的滩涂
现在是游人如织的旅游胜地
一波又一波的追梦人
从四面八方赶来
在这里怀旧
在这里遥想

油田新时代

张宇哲（桩西采油厂）

忆往昔，先贤开疆拓土，血汗挥洒，石油如泉涌。
看今朝，顺应时代浪潮，回忆传统，稳发展之基。
奉献之情，
激励我们，
矢志报效，国之祈望。
发展之基，科技驱动，智慧之路，步履不停。
数据漫舞，信息无处不在，助生产再造，工程奇迹。
品牌新生，思想内涵饱满。正能量传播，促进发展。
我们立足前人肩上，
书写新的篇章。
不忘初心，砥砺前行。人才引领，新生代重返老油田。
燃烧青春，献身事业。创造辉煌，石油人迈入新领域。
他说：
“我们要给企业注入新鲜血液，奉献青春朝气。”
他说：“我们要把心血融入这片沃土，守护国之血脉。”
老技术工默默守护。新时代正在来临。
志愿者走进社区，生动事迹频现，温情故事动人心。
我们立足巨人肩上，继往开来，引领新时代。
不忘初心，砥砺前行。
创造辉煌，才智引领。
忆传统，弘扬先贤志愿。强三基，立足于新开端。
奉献之情，汇聚人心。发展为要，开展新航路。
品牌新生，
文化灵魂。科技驱动，
开辟新天地。
我们于前人肩上，书写新的华章！

石化我的家

赵俊洪（胜利石化总厂）

第一章节“家”

曾几何时
我与你相识于绚烂的青春里
在郁郁葱葱的春天
我扑向你怀里
你走进我心里
我喜欢那时的你
天空中吹拂着渺渺烟雨
我迫不及待地走进你
石化我的家
那充满画意的青春旅途
几经风雨的波折
历经岁月的蹉跎
从遇见到相伴
鬓发斑白，光阴更迭
穿越时光的隧道
初遇时的唯美
依然停留在脑海中
就让我沉浸在你的世界里
西窗剪烛，共度沧桑
人生路漫漫
我愿陪着你走向更美好的远方

第二章节“梦”

翻开书籍
当我回忆你成长的足迹

手指尖轻触的距离
是穿越时空无法抵达的交集
让梦想插上腾飞的翅膀，
如果不能做那枝头的花朵
那就做一片小小的绿叶吧
石化我的家
我愿与您同奋斗、共成长
从陌生到熟悉
记忆的碎片融进思念的夜空
旧日韶华惹追忆
留下一道道青春的印记
让梦想插上腾飞的翅膀，
踏着青春的旋律
没有人可以阻挡
心怀纯真的梦想
石化我的家
我愿与您同呼吸、共命运

第三章节“变”

历史应该铭记这一刻
2023 年，中国石化成立 40 周年
让我们在变革浪潮中张开双臂展翅翱翔
历经磨难，百折不弯
铸就一个亘古不变的承诺
不忘初心共逐梦
牢记使命勇担当
让我们在党旗的引领下一起走向新时代
只争朝夕
砥砺前行
昂首阔步踏上改革的新征程
回望过去峥嵘岁月
历史的长河奔腾不息
征途漫漫
唯有众志成城应挑战

奋发有为行创新
才能开创更加灿烂的明天
冲锋的号角已经响起
让我们在党旗的引领下一起走向新时代
扬起生命的帆
踏上追梦的船
用睿智的思想
浓烈的热情
美好的青春
共同书写中国石化繁荣的新篇章。

石油人的赞歌

赵文成（地面工程维修中心）

迎着晨曦第一缕微光
我看到荒野里有一个高大的身影
缓缓地扬起头，又低下

我驻足凝视
你有钢铁做的肌肉
你载着上万斤的负荷
你旋转的叶轮驱使着你缓缓地扬起头，又低下
我忍不住问：你是谁？
你为什么在这里坚守？

我记得我早就见过你
在茫茫的荒野中
在炎炎的烈日下
在漫天的风沙中
在刺骨的寒风里
你总是这样不断地扬起头，又低下

你是谁？我终于有了答案！
你是我的父亲
我听您讲过热火朝天的会战
你是我的丈夫
一个人在外面，你要自知冷暖
你是我的孩子
你永远是妈妈的骄傲！

平凡而又伟大的石油人！
我为你献赞歌
你流出了汗水，咽下了泪水
你用孤独诠释了坚守
你用平凡的身躯守护了工业的血液

你用钢铁的脊梁迈出了时代的步伐！

背景赏析：一位石油女工清晨巡井，看到抽油机引发的感想。

解析：诗歌由抽油机联想到了石油工人，抽油机在荒凉的环境里工作象征着在野外默默付出的石油工人。

第一、二、三段，描写抽油机，抽油机也象征着石油工人。

第四段，从“抽油机”转为“石油人”，表现出石油女工的父辈，丈夫，孩子都投身于石油事业，体现了一种石油精神的传承。

结尾，赞美石油工人，升华了感情，展望美好未来，讴歌新时代，抒写新使命。

行走的工衣（外一首）

朱东英（油区护卫管理中心）

一件石油人的工衣
绿军装的父亲穿过
我也穿过
今天，我将亲手
为孩子穿上它

这是一件普通的工衣
里里外外
长满了牙齿
将石油人的斩钉截铁
咬合得严丝合缝

这不是一件普通的工衣
父亲当年在荒原赤脚奔跑
在泥泞中踉跄挣扎
他怎么也想不到
盐碱花里泛起一丝丝的甜

一件工衣是一面旗
糅合三代人的情愫

是旭日升出海平面的一道光
是胜利人心头种下的一粒火种
是三千米地层下的呐喊
是三代人周身涌动的热血

孩子
你的名字里有光
愿你穿上前赴后继的红
追光前行

一场鲜为人知的台风

“杜苏芮”
从西北太平洋老家
愤怒出走

它不是鹰
也不是传说中的蝶
四次升格
层层加码

从大洋切入内陆
将白昼卷入黑夜
鹰一样飞翔
蝶蛹般羽化

肆意扫过鲁西北的石油小镇
台风过境之处
雨花飞溅
闪电即逝

推开二楼的窗
法桐树叶子摊开手掌
乌云轻轻揭去天空的疲惫

带露的草尖上
金蝉悄然脱身
一具透明的完美硬壳
告诉大地鲜为人知的变化

跟随一只鸟走进田野

朱蜀英（河口采油厂）

跟随一只鸟走进田野
走进一片苍茫

天空中有大雁的痕迹
南飞是宿命，即使地上有觊觎者
更多的是如我一般地仰望

天空不能再蓝
也许下一刻会有暴风雨经过
一切都是未知

芒草一夜间变得枯黄
脊梁骨的柔韧只有劲风知晓

石油的时光

陪伴你的时光
有时是日落
那浑圆的落日变幻着瑰丽的色彩
渐渐消失在地平线的远方
有时是晨起
那绚烂的朝霞给我，给飞鸟
还有野水和蒹葭
涂上一抹靓丽的红晕
它捕捉着风的方向
风儿又扑朔着石油的时光
那些等待的日子里
有无言的沉默
还有执着的寻觅
整个大荒原
也起起伏伏
石油的时光里
有了磅礴而出的狂喜

新时代最美的航程

朱旭安（油气集输总厂）

胜利油田　已经走过了一个甲子，
“为祖国找油，为民族争气”的豪迈誓言，
依然　言犹在耳、荡气回肠，
几代石油人　在黄河入海口　接力向前。

孤岛，一个见证了油城历史发展的小镇，
记忆中的“九二三厂”　在此诞生，
“渤二井”奠定了孤岛油田的“航程”，
“东方红”这个名字　也从此声名远播。

“只长红柳不长树，四季只有春和冬”，
那是 62 年前　荒凉贫瘠孤岛的真实写照。
一场声势浩大的石油大会战，
众志成城建起了全国第二大油田。

时光荏苒、白驹过隙，
当初的车拉肩扛、人工搅拌泥浆，
早已成为“创业”里的时代荣光，
但是　我们要把“铁人”精神　继承发扬。

回首往事　是为了铭记历史、不忘初心使命，
展望未来　责任就是创新胜利、再创辉煌。
胜利油田勘探开发建设 60 周年以来，
勇于担当、矢志奉献，在黄河三角洲“找油耕耘”。

跻身新时代、站在新起点，
胜利油田朝着“百年胜利”阔步前进，
“端牢能源饭碗”，是胜利人的使命担当；
“为美好生活加油”，是中国石化人的企业愿景。

2023 年是“十四五”规划最关键的一年，
是承前启后的一年，也是中国石化成立 40 周年。
让我们携手并进、“扬帆远航”，
以锐意进取、岗位创效　致礼石化庆典的华美篇章。

河从家乡来（组诗）

邹会莉（电力分公司）

河从家乡来

在家乡源头一路奔涌而来
从壶口跌落到深渊
砸起朵朵振聋发聩的飘云
茶壶，抑或酒壶
倾倒出氤氲或浓烈的烈焰
洋洋洒洒　荡荡漾漾
一心决绝、永不回头地奔赴
带着陕北的唢呐、铜锣、大鼓
裹着陕北的执着、纯真、豪迈
一路向东　一路滋养
直至魂归蔚蓝大海
老石油喝下一口浑浊的河水
啊，忆起了甘甜淳美的家乡

石油吉卜赛

爸爸把大衣柜用麻绳层层包裹
它也将紧跟主人不停歇的脚步
沿着石油脉络而迁徙的吉卜赛
领略过边塞孤寂的胡杨林
震撼到漠河绝美的白昼
西北的腰鼓踏着风沙，扬着激情
黔南的密林遮天蔽日，隐去云天
收拢行囊　拖家带口
跟随多年的物件，温润着熟悉的气息
不忍丢弃，如不曾割舍的青葱岁月
那里听说，地名是一棵树、孤岛

跟着油流走　跟着井架行
妈妈细心地把盘碗包裹紧密
描摹的景象里一片荒凉
梦里，我竟率先来到这片土地
采油树就是荒原挺立的大树
成群的小伙伴是盛开的花朵
这里也是熙熙攘攘

荒原的月亮

光亮的圆盘从荒原升起
越过密匝的苇林
越过飘飞的芦花
银粉倾泻千里　大地如处子般纯洁
盘子里沟壑纵横　纤毫毕现
拱形山峰　桂树婆娑
那旖旎的身影可是孤苦的嫦娥?
光芒润泽着草木葳蕤
也包裹着少女的身心
连呼吸都充满轻盈和灵动
那条等待晚归爸爸的路上
斑驳倒影中小小的影子
月光和她玩捉迷藏
从玉兔到天狗吃月
站立的线杆是注目的观众
传来阵阵急促的脚步声
月光下，有个人影由远及近

油田在我的眼里

春风里穿行　荒原上的春天来得很晚
目光所及的地方
小小的心的世界
总会因梦想之花嫣然绽放而柔软
夏日的炙烤，在离地二十二米的铁塔上

白色金具升腾起炎炎的暑气
为我全身涂抹上黑色的光泽
盐渍结成硬壳如护身铠甲
十月芦花飘雪，碱蓬似花朵铺满渤海滩
划着冲锋舟奔赴水中线杆
哗哗哗　圈圈涟漪惊扰起幽静
白色的云朵和白色的芦花交映在水中
雪落无声　变压器嗡鸣声
是我在冬夜里听到的最和谐的曲调
荒原啊　作为一个电力工人
我同样是你的女儿　石油的后代

入海口的潮汐树

沿着经纬的藩篱
去冲破束缚和大海拥抱
书写圆润交融的波涛汹涌
月亮引导下
用柔韧的刀子在河床雕刻无数的枝杈
伸展的枝杈向着远方
枝管流淌着守护的血脉
是时间的回溯
还是生命的萌芽
巨幅的画章绘在地球的湿地
和海蓬子、候鸟迎接夕阳的洗礼
如镶上金色的滤镜
一片寂静

风中的白发

她总会出神地凝望着窗外
是在思念，抑或追忆
途经他的脚步，走遍石油山河
从泼辣的农村铁姑娘
到稻田里的油大嫂
敦实的身体蕴含着能量
眉眼含笑、娇羞盈盈的女子

初为人母、幸福满溢的女子
日夜操劳、白发渐增的女人
身形蹒跚、忘却岁月的女人
岁月如风　转瞬即逝
那曾说会永相随的人走了
送别他后，夕阳落在她的身后
她孤寂地走着，拖着日落的影子
遗忘也罢，沉湎也罢
晚风中的白发，飘呀飘
把她的心事昭告世人

秋雨的夜里

睡梦中醒来　窗外正在下雨
密密的秋雨淋湿了花草
也淋湿了我的记忆
想起了那年的这个季节
国庆赋予了一个大油田崭新的名字
想起了那个放羊娃出身的汉子
想起他站在钻台上愤怒地呐喊
石油工人一声吼
许多年了，他的吼声仍令我震颤
为了石油他忘了白黑
为了石油他忘了伤痛
为了石油他真的少活了二十年啊
今天提到他　仍让人禁不住湿润眼帘
戴上锅盔我要去到荒原
去到井架下
大声呼唤他的名字
呼唤那个过早离开了我们的人
我相信　千里油田
会有成千上万个声音回应我
包括花　包括草　包括树木
大地告诉我　他其实一直没走
他其实就活在我们当中

诗会指导：唐晓渡　韦　锦

作品朗读：方　华　王　东　邵大川　宋宗周

初 评 委：王桂林　弓　车　孙方杰

终 评 委：丁　鹏　大　解　聂　权